U0004097

Trans+

Trans+

Trans+

Trans+

Silent Macabre

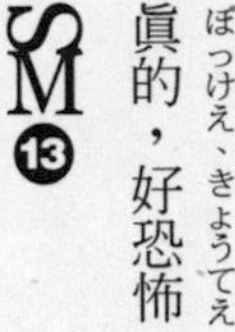

眞的，好恐怖

ぼっけえ、きょうてえ

作者：岩井志麻子
譯者：黃穎凡
責任編輯：江怡瑩
美術編輯：蔡怡欣
校對：呂佳真
法律顧問 ：全理法律事務所董安丹律師
出版：小異出版
台北市105南京東路四段25號11樓
TEL：(02)87123898 FAX：(02)87123897
e-mail:locus@locuspublishing.com
www.locuspublishing.com
發行：大塊文化出版股份有限公司
台北市105南京東路四段25號11樓
讀者服務專線：0800-006689
TEL：(02) 87123898 FAX：(02)87123897
郵撥帳號：18955675
戶名：大塊文化出版股份有限公司

總經銷：大和書報圖書股份有限公司
地址：台北縣五股工業區五工五路2號
TEL：(02) 89902588 FAX：(02) 22901658
初版一刷：2010年8月
定價：新台幣260元
ISBN：978-986-85847-3-0

真的，好恐怖

ぼっけえ、きょうてえ

岩井志麻子 著
黃穎凡 譯

目次

凝視深淵的駭人怪物
——淺談岩井志麻子的恐怖神髓

銀色快手

我曾做過這樣的夢。

一開始是聲音，從天花板傳來清脆的滴水聲，接著女人的尖叫聲穿刺耳膜。我努力睜開眼，卻發現有個雙眼失明的老婆婆從黑暗中隱現，她坐在搖椅上，用喑啞的嗓音說著我聽不懂的方言，似乎吩咐我把地上那堆黃紙燒化，於是我隨手撿起一紅瓦盆，火柴擦亮了幽暗空間，黃紙瞬間燒成灰燼，悼祭著無法安息的魂魄。

老婆婆起身向前一把抓住我的手，感覺有電流通過身體，彷彿自己附在另一個人的身上，脖子被緊緊勒住，快要不能呼吸了，對方還不停地把我的頭按入水中——冒著蒸氣的熱水，才驚覺自己躺在浴缸裡，我想喊救命，但是叫不出聲音來，像凶殺案的現場那樣，紊亂的血漬染紅了畫面，意識到自己就是一開始那位尖叫的女子，而我正經歷著她被男人虐殺的過程，記憶如同影像倒帶，從相識、爭吵到遇害，甚至記得男人的臉，這時老婆婆放開手，夢境如泡沫消逝，我不停狂哭直至醒來，背脊冷汗直流，連腳底板都是冰的。

我清楚記得夢中女子的悲慘境遇，彷彿她身上每一吋傷痛都伸手可觸，即便清醒，積壓在胸口難以言宣的窒悶感幾乎籠罩了一整天，回想起來，不愉快的烏雲好像又會飄過來似的……
真的，好恐怖！

岩井志麻子繪聲繪影的恐怖文字，無意間敲醒了我記憶深處沈睡已久的真實恐懼。她在這本書裡面特意使用家鄉的方言，也就是岡山腔日語，述說著「好像真有這麼回事」的鄉野傳奇，即使讀起來感覺很毛，又會忍不住繼續翻下一頁，這就是故事迷人的所在。

時間不知不覺倒退一百年，來到西方文明開化，幕府政治逐漸瓦解的明治、大正時代，科學技術突飛猛進，正急速近代化的同時，魑魅魍魎則在暗地猖獗，社會普遍瀰漫著不安的情緒，可說是怪事頻傳的黑暗時代。遠離城市的偏僻鄉間，仍存在著難以理解的迷信與禁忌，在農村地區發生小孩被人擄走，近親相姦，來不及絕育導致的墮胎，農作歉收引發的飢荒、掠奪，大規模流行的傳染病，加上階級制度的不平等，老百姓苦不堪言卻也習以為常。

看似一片榮景的明治時代，在妓院的房間裡，一個容貌醜怪的妓女向她的恩客，訴說著一生悲慘的際遇，如此娓娓道來的故事，彷彿真實發生過，岩井透過第一人稱或第三人稱的描述，栩栩如生地將故事中的登場人物帶出，就好像在讀者身邊喃喃私語，把讀者拉進事件現場，你不得不佩服那種親歷其境的恐怖，居然真的可以單憑文字的力量穿透紙面傳遞出來，創造出超立體的官能體驗。

唯有親身經歷的恐怖，才是真正的恐怖！因為是親身經歷的故事，肯定比透過他人的描述所感受到的更加深刻。他人不論是口述還是文字描述，甚至是電影畫面都能嚇人，但絕對比不上親身經歷來得恐怖。

作者很巧妙地運用了歷史背景作為恐怖故事誕生的殘酷舞台，營造出極具張力又詭異的說書氛圍，讓人渾然忘了是在閱讀小說，跟著故事中的說書人一同融入晦暗未明的幽界中，怕是一回神，女鬼已在你耳邊吹氣，牆壁上爬滿了駭人怪物，當你暗叫不妙，已經太遲了，早被文字織成的恐懼之絲緊縛纏繞而無力抵抗。

活在這世上有時候覺得很恐怖，那是因為沒有比人心更恐怖的東西了，當一個人好端端的卻變了心，戴著良善的面具卻暗地捅你一刀，你怎能相信浮現於表面的虛情假意，其內在不是包裹著惡毒的汁液呢？

你或許也有這樣的經驗吧，愛上某個人，近乎瘋狂的癡迷執著，而對方卻無動於衷，內心是多麼的痛苦難熬；或是相愛了之後，無意間發現被戀人劈腿背叛，熾烈的愛意瞬間轉為燃燒的恨意，要是被惡意遺棄、迫害、殘忍的對待，甚至連恨意也一起被埋葬的死後，恨不得化為厲鬼來報復對方。這一類因果報應的故事，自古以來不是很常見嗎？

愛一個人可以成魔，恨一個人可以化為厲鬼……嘿嘿嘿，這不是很恐怖嗎？意想不到吧，原來人們的愛戀執著竟是妖魔的培養皿！你害怕了嗎？有時候一個人往往同時戴著天使與魔鬼的面具，完全取決於透過何種角度去看待，站在何種立場去評判。若是一個人獨自戴著這兩種面具活著豈不悲涼寂寞，好歹也要找個伴彼此折磨才有趣啊！當你和枕邊人肌膚相親的時候，也許會忘記對方可能正戴著魔鬼的面具，當你期待著對方戴著天使良善的面具時，也許他的眼珠被挖掉了，內心空蕩蕩什麼也沒有，只有凝視著深淵的駭人怪物在陰暗角落喘氣吐息。

你窮盡氣力，也不能完全理解對方在你身上所做的一切，惡意的攻訐，流言蜚語，被孤立被排擠，被歧視被欺負，不公平的對待，近乎凌遲的精神折磨，這些事物全都是人手造出來的，建立在妄想與迷信，恐懼與自我保護，種種因果相生的關係上，你說有多恐怖就有多恐怖！

告密的箱子、港邊的海妖、會說話的牛，這些鄉野裡流傳的故事，岩井信手拈來，其背後都有許許多多訴說不盡的痛苦、委屈、悔恨與哀愁，以恐怖加上傳奇故事的類型小說而言，她確實是其中的佼佼者，顯然是說故事的箇中高手。

在電力尚未普及到每一個家庭的那個年代，夜裡若不點蠟燭或油燈，在家中行走都有困難，很可能會碰撞到家具或是不小心踩空跌跤，伸手不見五指的幽暗空間，益發激起讀者原始本能的恐懼，岩井志麻子的四則短篇故事，則意欲在人心難測的黑暗中，悄悄點燃起一絲希望的光明燈，為那些無法言說的弱勢族群，魂魄無法安息的怨靈發聲，藉由故事作為載體，流傳給更多的人知曉，屬於那個年代不能說的祕密。

日本幻想文學的編集長東雅夫曾說過，受到中國文學中的「志怪」與「傳奇」等筆記小說的影響，以及從歐美傳來的哥德式恐怖傳統，江戶時代這兩者混同為一，也影響了近代以來的恐怖文學思潮。諸如：坂東真砂子的《狗神》、篠田節子的《神鳥》、小野不由美的《屍鬼》、牧野修的《屍之王》、加門七海的《咒之血脈》、大塚英治的《木島日記》、半村良的《簞笥》等，都在此一恐怖傳奇小說的系譜之中，很幸運的，現在我們擁有了岩井志麻子的小說，可以好好抱著噩夢睡覺了。

序文作者：銀色快手，詩人、日語翻譯者、廣播主持、舊書店老闆、撰寫文學評論、雜誌連載的隨筆專欄。現以自由撰稿者活躍於文壇，致力於推動現代日本文學與妖怪文化及維基百科。

眞的，好恐怖

本書書名／本篇篇名「ぼっけえ、きょうてえ」，乃是日本岡山方言「真的，好恐怖」的意思。

——您做噩夢了嗎？

……是夢到了什麼呢。喔，是在睡夢中夢到那個啊。原來是那個啊。

我說老爺，您怎麼像個孩子一樣呢。不不不，我不會嘲笑您的。畢竟所謂的做夢，通常都會非常恐怖不是嗎。

您問妾身？妾身呀……光是清醒時所看到的東西，就已經夠恐怖的了，所以入睡後反倒什麼都看不見。

妾身的夢總是一片漆黑。伸手不見五指。連我自己都想不起究竟夢見了什麼。

老爺，請您放心的睡吧。您瞧，還吹來了一陣涼風呢。儘管沒裝蚊帳，但只要像這樣用扇子一直搧啊搧的，蚊子就不會來了。

只要妾身醒著，什麼妖魔鬼怪都不敢來的，所以請您快點閉上眼睛吧。

妾身不能讓老爺您看到我的睡顏。被客人看到睡著後的容顏，可是青樓女子的最大恥辱呀。

不是有人說，青樓女子絕不仰臥入睡，只能面向右方側躺的嗎。雖然許多妓女偶爾會呈現大字型入睡，但是妾身從不會如此失態。

從孩提時候開始，妾身都是面向右側入睡。

您說，所以妾身的臉才會長成這樣嗎？呵呵呵，老爺您真討厭耶。

妾身的眼睛跟鼻子，的確往左邊太陽穴的方向歪斜。因此，嘲笑妾身是醜女的顧客大有人在，被妾身的長相嚇到的客人也不在少數。

應該是有隻看不到的手將妾身的五官往左上方拉扯吧？所以，恐怖的好像不是妾身這張臉，而應該是那隻手吧。

您說，看不到的東西才恐怖？可是，妾身覺得雙眼可見的東西也是恐怖至極呀。

那是因為……算了，別說了。如果真說給老爺您聽，只怕您真要睡不著了。妾身這並不是要威脅您，而且往後也不會的。

對了，自古流傳一句話，名妓必須具備一容貌二床功三手技。妾身卻是三項都缺。誠如您所看到的，面貌醜陋又不討人喜歡。

即便沒有鏡子，妾身也能清楚看透自己的長相。不只是妾身自己的長相，就連普通人看不到的東西，妾身也能看得一清二楚。

其實，妾身的年紀還不算老喔。真的不騙您。在妾身出生那年，那一帶還不叫岡山縣，而是叫做是北條縣呢。是明治九年合併的呀？老爺您果然學識淵博。您說您畢業於高等師範學校？真是了不起。哪像妾身我們這種人，連普通學校或稍微搬得上檯面的地方都沒去過。

但是妾身並不在意。因為吃飯討生活這種事，無論貓狗或大字不識的妓女，都是不用教就會熟練的，呵呵呵。

不過，妾身堅持不讓客人看到睡顏這件事，為妾身得到禮儀端莊的好評喔。但妾身並不清楚，妓女禮儀端莊能得到什麼好處就是了。

所以，老爺您就安心入睡吧。若是又做了夢見什麼怪東西的噩夢，妾身會把它們趕跑的。因為妾身很擅長對付妖魔鬼怪呀。

話說回來，老爺您來得有點晚喔。挑選貨色在十二點時就結束了。若是黃昏時分前來，便可透過格子窗選妓，各色年輕貌美的妓女任君挑選。但現在就只剩妾身這種賣不掉的醜女，真是對不住您啊。

而且，每個妓女都隔著格子窗，使出渾身解數來贏取客人歡心，只有我蜷曲在角落裡吧。

不論老鴇們多麼生氣的教訓我，妾身也絕不從格子窗伸出手去。並不是我愛擺架子，或是態度敷衍草率……我只是覺得好恐怖呀。

因為有些不吉的東西，會來抓住我的手呀。不管是死去的父親，或是被殺害的朋友等。反倒是那些還活著的男人們，很少會主動來拉我的手。

而且似乎有股微妙的力量，從左側不斷拉扯著妾身的臉。

您說您正是中意我這奇怪的地方嗎？老爺您可真是個怪人耶。

可是啊，老爺我跟您說。其實妾身從未被溫柔對待過，您這樣反而讓我感到難受耶。所以，請您千萬不要對我說，喜歡我或中意我這樣的話。畢竟妾身是個無論到哪都該被殘酷對待的女人啊。

……您希望我說點話讓您好入睡嗎？這當然沒問題，但是該說些什麼才好呢。既不能說大老闆與老鴇的壞話，也不能亂說朋友或其他恩客的閒話。這樣一來，就沒什麼好說的了。

妾身自從十六歲時被賣到這裡後，外出的次數可說用手指頭都數得出來。而且所謂的外出，就僅止於在夜裡透過格子窗仰望天空，或是像今晚這樣從二樓的窗口往下望而已。

……您說您想聽聽妾身的生平？這下子，妾身更加覺得您是個與眾不同的客人了。只不過如此一來，好夢將會離您更加遙遠唷。

因為只要您聽了妾身的生平，就等同於是做了一場恐怖至極的噩夢。

這樣也不打緊嗎？既然如此，那我就說嘍。首先呢，妾身是出生於津山附近，大約離這裡六里遠的小村莊……至於村名嘛，說了您大概也不知道吧。

那裡叫做日照村，俗稱強訴谷。村人都以務農為生，但鮮少有豐收年份，總是歉收居多。因此男人多以受雇領日薪的農工身分來餬口，而女人則幾乎都遠走他鄉謀生。被賣到青樓去的也不少，但並非像妾身一樣在附近而已，而是被賣至遙遠的九州或大阪等地。

一提到岡山，大家總會想到南方那一帶，而不禁投以羨慕的眼光吧。土地肥沃，城鎮發展迅速，商旅來往也熱鬧繁榮，造就了許多富有人家。而且……冬天氣候也很溫暖吧。但我不大喜歡備前那邊的人，因為他們都愛耍小聰明。什麼！老爺您是備前人呀，那還真是失禮了，請原諒我的失言。

……然後呢，再說到我所居住的，那北到不能再北，位於中國山脈最尾端的小村落，可就連半個有錢人都沒有，全都是一貧如洗的窮人。即使是十六、七歲的年輕人，臉上跟手腳也全都布滿小皺紋而且曬得黝黑無比。能夠活到四十歲就已經算是長壽了。

其中最貧窮的人家，就是我們家了。並非我誇大其詞，真的是過著連牛都不如的日子。

因為妾身我是餓死仔呀。沒錯，就是鬧飢荒。因為我出生於鬧飢荒的年度，所以是餓死仔。

我剛才不是說過，那一帶鮮少有豐收，而且每隔一年就會鬧飢荒的嘛。因此，妾身對於死人的記憶遠比對於活人要來得多。

不用說，那些當然都不是美好的記憶。不值錢的人命就像草芥一樣，死再多也不足惜呀。

我娘是個產婆，但卻是個專門幫忙打胎的產婆。

她從未接生過活嬰，所以應該連產婆都稱不上吧。

村裡的人都叫她墮子婆或刺子婆。甚至還有些小鬼們會毫不客氣的叫她鬼婆。如此一來，妾身當然就是鬼之子嘍。

我們家雖然遭到全村人的排擠，但唯有那個時候才會被村人叫去。

那個時候，也就是指打胎的時候。有時必須把胎兒從孕婦肚子裡硬拉出來，有時必須把出生的活嬰給悶死。唯有那種時候，我們才有機會與村人打照面。

妾身從四歲開始，就跟在我娘身旁幫忙了。

小時候，我負責去摘採野菊或酢漿草，還有搓麥稈，長大之後……則是負責壓住產婦的手腳。工作性質就好像是劊子手的幫手一樣。

那些女人們，不怨恨像隻母狗般動不動就懷孕的自己，也不怨恨把胎兒拖出來再悶死的我娘，卻把那份怨念都移轉到我身上……真是令人受不了。

您應該不知道吧？野菊跟酢漿草的根，是用在這個洞的。老爺您方才也用過的呀，呵呵呵，就插進這個洞裡，用尖端刺向胎兒好讓他流出來。

明明臉跟手腳都被曬得又髒又黑的，但為何那些女人的大腿卻那麼地白皙肥軟呢。不管是多麼乾扁的女人，大腿上全都裝滿了肥滋滋的豐潤脂肪。

被拉出來的胎兒，皮膚首先會呈現白色，接著轉變成鮮血般的紅色，臨死前則變成暗黑色。

這個洞連接著地獄，妾身從小時候就知道了。

我常想，為什麼不把這個洞給封起來呢？萬萬沒想到自己後來居然用這個洞來做買賣。總之，幸好當初沒有把它封起來，呵呵呵。

男人並不是性好女色或是喜歡女人的洞，而是喜歡那直通的地獄吧。因為那是他們在出生前所待的地獄呀。

也因此，我從懂事以來，就開始協助殺人的工作。

倒也沒有特別開心或難受的感覺，因為這是妾身與生俱來的命運啊。

甚至有人得意洋洋地說：就是因為妳殺嬰所以那張臉才會長得那麼歪斜吧。

我並不會害怕啊。因為……嬰兒跟小產兒都是我的好朋友呀。

打胎的工作在飢荒時期反倒生意興隆。野菊幾乎荒蕪殆盡。而因草木貧瘠而消瘦的蜻蜓及瘦鳥，來回飛舞於田野間的情景，至今仍鮮明烙印在我的腦海裡。

咬緊牙關捱過飢荒的我，也是瘦到與骸骨無異。飢餓的村民們紛紛到附近的山谷挖掘蕨類果腹。即使女人們全都瘦得皮包骨，但是小產兒仍不斷增加。因為無論多麼飢餓，人們還是無法停止做那檔事。

然而，在這麼枯寂貧乏的景色中，為何天空會如此澄淨湛藍呢？晶瑩剔透到理應看不到的星星似乎也都清晰可見。

關於妾身孩提時期的回憶，除了打胎之外別無其他。那是我小時候的唯一回憶。

將胎兒引產之前，必須先讓糞便排出。鮮血與糞便的味道充斥家中，在夏季尤其令人難受。不過，只要把它當作是墮入屎尿地獄前的準備，應該就不足為奇吧。

將糞便裝在盆裡，然後再將死胎扔進裡面。真的是毫無慈悲心的用力一扔。雖說是死去的胎兒，但所受到的待遇卻與糞便血塊完全相同。

我曾在廟裡的地獄草紙上看過描繪著同樣情節的畫作。繪畫的技巧雖然拙劣，卻也因此讓人感到格外恐怖。

和尚說那張畫上的血是真的。但那應該是騙人的吧。怎麼可能會有那種永遠都保持鮮紅色的血呢？血是又黑又臭的東西啊。

話說回來，那小產兒明明什麼壞事也沒做過，為何會被打入屎尿地獄呢。佛書上不是說，他們既不會下地獄，也無法前往極樂世界，只能在賽之河原哭泣而已嘛。

那個和尚還告訴我，那也是將不潔之物視為潔淨，或將潔淨之物視為不潔之人所墜落的地獄。可是他也玩弄了妾身的身體呀。那他會墜落到第幾層地獄去呢？

那小產兒是因為眷戀著把自己當作糞便丟棄的爹娘，才會無法脫離苦海吧！

即使在現世無法與爹娘見面，在屎尿地獄裡應該就能和他們相逢了吧。然而，他爹娘就算在那裡，也依然會對自己的孩子視而不見吧。儘管如此，孩子卻仍對爹娘戀戀不捨。

……您問妾身為何沒被打掉呀？

啊哈哈哈，老爺您府上一定是富貴人家，而且您又是男丁，想必是在眾多期待下誕生的吧。您應該是在豪華的宅院裡，由溫柔的產婆接生下來的吧。

妾身則完全不同。我娘當時已年過四十，而且家中窮到連一隻老鼠都沒有。

更何況妾身還是個女的。

而且另一個也是女的。沒錯，我們是雙胞胎。可說所有打胎的條件都齊備了。順帶一提，妾身姐姐的外貌也是非比尋常。

……您問到底長啥模樣呀？就請您饒了我吧。因為她畢竟是我的姐姐。說出來就太可憐了。

不過，妾身並不是被用野菊根引產出來的，而是順產生下來的。方才我也提過，那一年適逢飢荒，到處都有女人需要打胎，我娘忙得不得了，一直到足月前都沒留意到自己的肚子。

我娘自己一個人生產，還自行清理胎盤，甚至連丟棄嬰兒的工作……都自己包辦。

總之，她用濕布壓住嬰兒口鼻，將嬰兒扔進了家門前的那條河裡。因為那條河是專門用來丟棄小產兒的河川。在理應是蛙鳴不斷的夏夜裡，那裡卻是小產兒的哭聲不斷，而且那哭聲是全年無休。

儘管如此，妾身卻是毫髮無傷。經過了兩天依然存活著。

我仍清楚記得在那條河裡的那兩天……如果我這麼說的話，您一定會氣我愛說謊吧。但這是千真萬確的呀。我的眼睛還睜不開，一直處於幽暗的狀態。河水柔軟滑溜，飄來一陣女人的氣味。妾身沒有溺水，也沒被烏鴉給吃掉，只是被沖到草叢裡去了。

幽暗薄暮的那端，聚集了許多人。輕撫我額頭的，應該是被供奉在附近山裡的神仙吧。幫我趕走烏鴉的，應該是在臨死前大哭一聲的某個陌生嬰兒吧。不知從何處飄到我嘴邊的半腐爛小產兒，則是養分供給者，妾身靠著舔舐他的手腳才得以存活。

我娘在產後隔天即恢復接生工作，當她將被悶死的小產兒拿到河邊丟棄時，無意間發現了一息尚存的妾身。

或許是天意吧，這讓我娘不由得心生憐惜。

……算了吧，再說下去就太恐怖了。妾身是如此，妾身的姐姐也一樣。

您問我姐姐呀？她……已經沒了啦。所以，我們就不要再提她了吧。

誠如方才我所說，當時有許多女人還來不及打胎就直接生了。

至今我仍清楚記得，有個嬰兒在出生時只有巴掌大小，卻已能張開眼睛，嘴巴也能開闔，但還不會哭泣。眼皮都還沒長齊全，眼珠卻已能滴溜轉……眼睛瞪得好大。

他並不是在看妾身或我娘，而是生下他的母親。但那並不是眷戀不捨的眼神。不過，我娘隨即一腳將他踩爛，包進布包裡就是了。

您問那個女人嗎？您以為她會因此感到懊悔而祭拜小產兒……是吧？我說老爺，您果然是出身於富貴人家喔。

我從未看過因丟棄嬰兒而難過哭泣的女人。她們通常都在止住失血之後，便立刻又對那檔事狂熱不已。然後，再度毫不在意的來找我娘。

這也沒辦法啦。因為老百姓的生活樂趣，就只有吃飯跟那檔事而已啊。

妾身雖然在吃方面相當拮据，但對那檔事卻未曾煩惱過。呵呵呵，這大概可說是天賜的詛咒吧。因為妾身即使沒做防範措施也不會懷孕喲。我們妓院裡，有個被叫做畜生肚、像母狗般動不動就懷孕的女人，但妾身卻從不曾懷孕過。

我想，大概是因為妾身……仍然跟個小產兒一樣吧，哇哈哈。

話說回來……不知那些小產兒在死前看到的是什麼樣的世界？我想，即使他們看到了，大概也料想不到那就是現世吧。

他們八成以為自己又回到了地獄吧。因為映入他們眼簾的，就是墮子婆跟她女兒，以及生下自己的母親這三隻鬼啊。

呵呵呵，說好要讓您做個好夢，卻將您引到做噩夢的方向。難道這是天譴嗎？下次請讓擅長床笫之術的美女來服侍您吧。

什麼……您很在意為何我家會遭到全村隔離啊？我說老爺，您還真是喜歡聽鬼故事呀。您該不會是想做噩夢吧。

好吧，那妾身要開始說嘍。雖然說來話長，但剛開始大概是因為我們是外來者吧。那個村莊的愚夫愚婦們對於在中國山脈的對面，住著三隻眼的孩子、長角的男人，以及私處往兩旁裂開的女人這類的傳說，深信不疑。因此，對於外來者都避之唯恐不及。

我說過我爹跟我娘都是出身於四國吧。他們因為在四國老家沒有容身之處，所以才逃到岡山來的。假行腳之名，行乞討之實，一路流浪到了津山。

您問我為什麼難以容身？這個啊，就算了吧。妾身也是有難言之隱的呀。

……老爺，雖然您從剛才就不斷抱怨這房子太簡陋了，但是依妾身看來，這裡簡直可媲美岡山城啊。因為妾身所住的老家，原本是牛棚呀。

妾身被賣到這裡後，才第一次看到榻榻米。天花板也是首次看到。儘管妓女跟牛馬一樣卑賤，但好歹都還人模人樣啊。妾身是在被賣到這裡之後，才開始活得像個人一樣。即使沒有棉被，妾身也能蜷曲身子就地而眠。因此，我才能像現在這樣，輕鬆自在的上夜班哪。反倒是仰臥入睡，讓我覺得好像有股風直往胳肢窩裡吹，令人感覺寒冷。

在那一帶，每到夏天便有北風來襲。風勢強勁得有如龍捲風般，經常一口氣便將好幾片屋頂給吹飛了。

我們所住的地方，後面有座山，門前有條河。而冥界與現世的分界，其實不只存在於陰間，我家門前也有一條。因為那山裡到處可見餓死屍，而河裡則是布滿小產兒。

在河流的前方，就是村民們的田地。儘管那是片寸草不生、碎石遍布的貧瘠田地，但也夠令人羨慕的了。我家連塊地也沒有。如果有的話，我就不會被賣到這裡來了。

我爹是個受雇領日薪的小農夫。雖說尋常百姓根本不需要任何學問，但我爹還真是個一無是處的人。居然連算術都只能算到五。

我爹不愛幹活，總是看心情決定去上工或不去上工。偶爾領到錢，也全都花在買醉上頭。

更何況那裡的氣候非常惡劣，農作物經常歉收。妾身跟我娘只得靠著殘殺胎嬰掙錢過日子。唉，真的是困苦到只剩一口氣呀。

儘管如此，每當看到北風無情摧殘村民們的田地時，妾身總是非常開心。並不是我幸災樂禍，而是那景致太美了。

金黃色稻穗遭到黑壓壓的北風肆虐，簡直就像厲鬼從山上降臨，而在沿路留下了足跡。而那足跡，總是不知不覺在我心中消失。

因為只有妾身才看得見那隻鬼呀……他是個相當不錯的男人喲。只不過輸老爺您一大截就是了，呵呵。

話說回來，每到夏天，我家屋裡屋外就會臭到令人受不了。河裡經常有小產兒的屍體，載浮載沈而日漸腐爛，不久就會變成小屍骨了。

最不可思議的是，在那些變黑發臭還不斷膨脹的死屍裡面，居然還有活著的小生命。絕對不是我眼花喔。因為那個小產兒還會講話呢。

您問我他說了什麼話？這個嘛……我不太想說耶。反正不是什麼好話就是了。

老爺您知道魔界之路嗎？就是妖魔鬼怪所通行的道路。那原本是尊貴神明的使者所往來的通道，卻因使者們的信念不堅，而化成了可怕的場所。

村民們不只在提到我家時會壓低聲量，就連說到那片土地時也一樣。

我家就住在魔界之路的正上方呀。所以啊，所有忌諱不祥的條件全都具備了。但妾身家完全不在意。因為再也沒有比這更慘的事情了。

……爹娘希望我能外出謀生，但感謝上天眷顧，沒有地方願意雇用我。妾身的朋友，就只有那些在河裡腐爛的胎嬰死屍而已。因此，我經常跟他們玩家家酒的遊戲。

附近活著的小鬼頭們很令人討厭，但死掉的嬰兒卻很惹人憐愛。儘管眼睛嘴巴都還沒長全，但感覺純真又乖巧。

不過，即使我還幫喜歡的小產兒取名字並疼愛有加，但他們馬上就腐爛成骨了。其中也有那種不知為何都不會腐爛、令人感到不可思議的嬰兒喲。那是個在娘胎才待了三個月的早產兒，可是卻已長出牙齒。可惜他後來被狐狸給吃掉了，只殘留下牙齒而已。不久之後，村裡便謠傳有會說人話的狐狸出沒。但是妾身從來沒遇見過。

您要我說點腥羶話嗎？哈哈，您這是在問我的第一次嗎？那檔事呀。

對象是我爹。是真的。

我爹明明連數到五都不會，卻很會亂講歪理又愛強辯。說什麼他是把我跟我娘搞錯了。不管多麼不會算術，也不至於把五十歲的老太婆跟不滿十歲的女兒搞錯吧。

他是個不懂分寸不知節制的傢伙。不管是對妾身惡言辱罵或拳打腳踢，還是把那話兒刺進來時，都是隨自己心情任意妄為。我娘那時已經有一隻眼睛看不見了，因此當妾身被我爹凌辱時，她是用那隻看不到的眼睛望向這邊的。對了，把我娘弄失明的也是我爹。這不用講也知道吧。

……您問我難道沒有快樂的回憶嗎？

老爺您剛才說過，在痛苦的時候應該想點開心的事情對吧。妾身跟一般人不一樣。遇到痛苦的事情時，只能以其他痛苦的事情來排解。說到痛苦的事情，應該就是跟我爹幹那檔事以及飢餓難耐吧。肚子不餓時，就會想到跟我爹的事情啊。但被我爹凌辱時，則會感到強烈的飢餓。唉，若真要說實話，應該是後者最讓妾身感到痛苦吧。

您問我爹呀？已經死啦。

就在我被賣到這裡的前一年呀。他不是病死的。而是喝了酒，跌到家門前的河裡溺死的。會在那麼淺的地方溺死，可見得他是喝到爛醉呀。

他的後腦勺有個凹陷的傷痕，應該是撞到了石頭。也有村裡的好事者亂說，那是被人毆打的傷痕。應該沒有人會對那種男人恨之入骨吧！老爺，您說這世上有令人憎恨到極點的蟲子或小魚嗎？應該沒有吧！哈哈哈。

總之，他被發現時已經奄奄一息，僅剩猶如蟲子般的微弱氣息了。附近的道姑於是拿了個竹筒來，放進一些米粒，然後在他耳邊搖晃，說是要把我爹從奈何橋上找回來。

……我爹終究沒能回來。他就那樣斷了氣。大概是迷路了吧，呵呵呵。

話說回來，那時是妾身從出生以來初次看到米。一開始，妾身還以為是蟲子呢。我把它看成是聚集在腐臭小產兒身上的蛆了。

第一次看到米是在我爹去世時，第一次吃到白飯則是妾身被賣掉的那天。雖然白飯裡攙了一半的麥子，但也讓妾身訝異於居然有這等人間美味。含在嘴裡，就好像來到了極樂世界。好甘甜喔……那是我生平第一次感受到甘甜的美好滋味呀。

那讓我覺得，即使被賣掉也無所謂。您問現在嗎？由於妾身不太會拉客，所以吃白飯的機會不多。但是我告訴自己，等到贖身那天，我一定要吃整碗熱騰騰白飯來慶祝。這裡又不是地獄，吃了白飯之後，應該不會發生白飯突然噴火燃燒的事情才對吧。

您說想聽我爹的故事呀？老爺您真是個怪人耶。難道您不害怕嗎？不過，好吧。因為您是第一個想聽我爹故事的人哪！

夜裡守靈的只有我娘跟妾身而已。不，還有我爹獨自站在門口。仔細審視過自己的屍體後，便頭也不回的離去。臉上的表情既不開心也不痛苦，但連看妾身跟我娘一眼都沒有。

儘管村民們排擠我們，但至少都還願意出席喪禮，但願意一路送到墓地為止的，就只有風水師一人。由於我家沒錢請和尚來誦經，所以只好請風水師假裝念點經文蒙混過去。這樣應該就夠了吧。即使請真正的釋迦牟尼佛來誦經，我爹也不可能會成仙吧。

不過，巡查大人還是來了。唉呀，後腦勺被敲碎咧！他們淨說些無關緊要的話。

在妾身小時候，他們拿的是橡樹做成的木棒，當時則是拿著劍。其中有位個子稍小但頗有男人味的巡查大人，完全沒有高高在上擺架子，反倒讓妾身變得更加不敢開口。

因為剛才妾身曾說過，我從未被人溫柔對待過，因此一旦有人對我太過溫柔，我反而會痛苦得不得了，甚至還會覺得被責罵了。因此，對妾身而言，地獄反而比較輕鬆自在。若被當作正常人看待，反倒會讓我渾身不對勁。因為我是鬼之子呀。

而且啊……當妾身低頭看著地上時，那位巡查大人還摸了摸我的頭。我心裡想著一定會被痛打一頓，而不由得全身瑟縮，但他卻對我說：不要逞強忍耐喔。

他還這麼對我說：我看起來很可怕嗎？如果害怕的話，哭出來也沒關係喔。

很可笑吧。妾身直到那一刻為止，都從未意識過原來自己一直被迫忍耐著，還遭受到許多可怕的遭遇。

原來妾身有過那麼多痛苦的記憶。

原來妾身被迫接受那麼多可怕的遭遇。

我從不知道，也從不明白……那天是妾身出生以來，首次在人前哭泣呀。

……啊，請別介意。妾身只要一想到那位巡查大人，就會忍不住掉眼淚呀。

不是因為悲傷，也不是因為難過，更說不上是因為開心，也並非因為懷念。

這……該怎麼說呢？就像吸進一口氣接著吐氣，而一旦下雨就會被淋濕的感覺，一想到那位巡查大人，我的眼淚就會自動決堤。

老鴇來買雛妓時，我認真的磕了好幾個響頭，哀求說：只有津山妓院不行，請不要帶我到津山妓院。因為我擔心哪天會碰到巡查大人。

那位巡查大人畢竟是個男人，說不定哪天會以恩客的身分出現呀。

妾身從最初那天到現在為止，都從未跟喜歡的男人做過那檔事。

這樣也好。誰教妾身生來就是做妓女的命。

……不過，無論如何、無論如何都不能跟心愛的男人做啊。

儘管打從心底渴望，但絕對不能那樣做呀。

……啊，啊啊，請原諒我。我很喜歡老爺您啊，真的呀。

因此，我才會來到岡山這邊的妓院呀。

至今我仍不知道究竟是誰殺了我爹。

您說我懷恨在心？怎麼可能呢。老實說，我是感激在心哪。因為我從此沒再被人拳打腳踢呀。而那檔事也是多虧了他讓我習慣，現在才不會感到痛苦。

我爹死了之後，我娘另一隻眼睛就越來越看不見，所以才會把妾身給賣了。當妾身搭乘馬車離去時，她還在家門前目送我呢。

比起我娘，後方那片貧瘠的稻穗反而更加讓我印象深刻。枯黃聳立的山邊，傳來了小產兒們跟烏鴉嗚咽哭泣的回音。天色如此澄淨湛藍，而河水卻是土黃泥巴色。我那死去的爹就站在我娘的身後。縮著肩，就像是枯朽的樹枝。那眼神不知怎地，變得呆滯空洞，茫然模糊。

我娘也知道我跟我爹做了那檔事喔。她吃醋得不得了，好幾次都想殺了我。我娘畢竟是個女人啊。

早知道當時就該把妳給弄死。真正該死的不是妳姐，而是妳呀……她不斷地大吼大叫，說著這些莫名其妙的話。

當我被推進河裡，還被她用搗麥棍亂打一頓時，我真的以為自己會死掉，但我畢竟是那個被丟進河裡仍存活兩天的嬰兒啊，呵呵呵。

儘管我娘是這種母親，但她偶爾也會跟我提及昔日往事。例如他們曾邀請非常受歡迎的演員到家中作客啦、庭院裡曾經堆滿了米袋啦、傭人曾經教唱毽子歌啦、西洋點心的色彩有多鮮豔啦……別以為這是謊話連篇喔。

為什麼呢，因為我爹也曾說過同樣的話。當我爹心情好時，他也會跟我說住在四國時的回憶，而且內容幾乎跟我娘所說的完全相同。我娘所描述的家中情景跟對爹娘的記憶，跟我爹所說的內容幾乎如出一轍。

簡直就像是在形容同一個家跟同一對父母呀，這不是很奇怪嗎？我爹的家跟他爹娘，以及我娘的家跟她爹娘，應該是完全不同才對呀。

唉呀，算了。原本不打算說的，那就全都說出來好了。當我發覺事有蹊蹺時，我已經長很大。突然有一天，我終於想通了。他們並非很像，而是根本就出生於同一個家庭。

沒錯，正是如此。我爹跟我娘是同一個爹娘所生。我爹跟我娘其實是兄妹關係，他們是從同一個肚子裡生出來的呀。

淺綠色的樹影倒映在東邊庭院的倉庫。最裡面的那間和室有著淡紅色櫻花紋拉門。從走廊便可望見種著兩排繡球花的中庭……因為是從他們兩人那裡聽來的，因此妾身記得清清楚楚，而這些正是他們兄妹亂倫的證據呀。

他們一定是因為事跡敗露，才不見容於父母，並慘遭村人驅離的命運吧。

然後，他們一路流浪到了津山。如果從此成為身家清白的夫妻也就算了，問題是他們並非尋常的夫妻這件事，最後還是在村裡傳開了。

他們之所以遭到排擠，就是因為這個原因。村裡的人說，他們的姓名幾乎一樣，肯定是近親通婚。我想，像他們這般血濃於水的夫妻應該是絕無僅有的吧。

妾身之所以被叫做鬼之子，也是因為如此。

正因為是鬼之子，所以妾身才能看到鬼。

當我肚子餓到快受不了時，餓鬼就會靠近我的臉頰邊。這些傢伙哪，肯定是故意要讓妾身想起那位巡查大人，好讓我不由自主地流下眼淚。

在那些餓鬼裡，有個只吸取眼淚的傢伙，讓我哭就是牠做的好事。因為牠想要舔舐妾身臉頰上的淚水呀。真不知這傢伙生前究竟是造了什麼孽？

只吃糞便的餓鬼和只吸取淚水的餓鬼，哪個的業障會比較深呢？

老爺……您應該不會被打入餓鬼所在的地獄才對喔。這點妾身很明白，因為我是在魔界之路出生的呀。

您問難不成會去極樂世界？……妾身雖然是個妓女，但嘴巴實在是太老實了，這也是我賣不出去的原因之一吧。

我說老爺，您應該不會被牽往極樂世界喔。但請放心，您也不至於下到十八層地獄的。

老爺，您應該會立刻變成人類重生的，而且是死後馬上投胎。大概也沒時間看清楚那個世界吧。妾身不知道您究竟會投胎成為有錢人或窮人，但這不是很好嗎，至少能夠當個人。而且如果能生為男兒身的話。

妾身們也常說，下輩子一定要投胎在富貴人家。如果不行的話，那至少也要投胎變成男人。

但其實妾身兩者都不喜歡。因為妾身再也不想投胎重回這世上了，呵呵呵。

咦？您已經有點睡意了嗎？真是太好了。那就請您放鬆休息吧……

唉呀，您為什麼又突然睜開眼睛了呢？

──小桃？……啊，是那個小桃啊。真討厭，居然提到了其他女人。

我說老爺，小桃已經不在這個妓院裡了。

不過並不是因為已經贖身，或是被哪個有錢人接納為妾了。

小桃已經死了。

唉呀，您已經完全清醒啦。其實，您沒必要這麼急著起身啊。

小桃她……是尋短自盡呀。

您說她並不是個會尋短的人？說得也是。因為她的長相相當可愛，個性也有點迷糊古怪，是其他妓女們開玩笑的對象。

妾身也……最討厭她了。說真的，非常討厭她。

您說我不能說朋友的壞話？尤其是已經死去的人？

……您說得沒錯。不過，討厭就是討厭，這也沒辦法啊。

您想聽小桃的故事？真拿您沒轍耶。聽說有個妓女偷走了老鴇的鑽石戒指，沒想到小桃居然承認是她偷的。

於是她就被抓進棉被室裡，遭到嚴重的虐待呀。妾身剛被賣到這裡時，也曾被虐待過一次。即使是已經很習慣被殘酷對待的妾身，都差點受不了呢。

我說老爺，那可不是像您所想的那樣喔。他們是不會對妓女拳打腳踢的。因為妓女的身體是買賣的道具呀。

不會傷害身體，卻能夠讓人受盡折磨。女人一出手，絕對是最殘忍的。儘管氣力孱弱，卻能進行長時間的折磨。換成是力大無窮的男人，大概只要揮上一拳，就能夠讓我們不省人事吧。

在老鴇的指示下，大家全都群聚一堂，齊聲責罵。扒光她身上的衣物，然後把手帕塞進她的嘴裡，還派好幾個人壓住她，以免她亂動脫逃……妾身也壓在她的身上。在眾人的重壓之下，小桃終於尿失禁了。她不但慘遭吊梁酷刑，還遭到松葉煙燻之苦，那實在是人間煉獄啊。我衷心期盼她快點死了，才能早日解脫。

沒得吃沒得喝，還被緊緊綑綁著，使得原本個性就有點古怪的小桃更加瘋癲了。她成天都在傻笑，邊留著眼淚邊傻笑。

妾身們被賣到這裡，雖與牛馬同樣卑賤，但眼淚卻是與人類無異呀。

……您問我為什麼突然講到這個嗎？因為心情不錯，所以想再回味一下啊。

小桃是全家自盡中所留下的唯一活口。她後來雖被遠房親戚接去住，卻在好不容易盼到滿十六歲那年，便被賣掉了。

那對貪得無厭的養父母啊，每逢清明跟過年就一再催促小桃送錢回去，小桃因而欠下越來越多的債務。儘管小桃已經是數一數二的名妓，但還是難以應付。

不過，老爺您應該瞭解吧。小桃雖然身在地獄，但腦海裡所想的卻是極樂世界。她還常大言不慚的說，我不是因為錢才被賣掉的。

她深信男人們都是因為喜歡她才願意來到這裡。男人只要愛上她就必定會再度造訪。沒想到這世上居然有這種傻瓜。

「我家可是家財萬貫耶，如果生在別的時代，我就是公主了呀。」這是她的口頭禪。但只要她一說出口，必定會惹來「既然如此，那為什麼妳會在這裡呢？」的譏笑。

您問妾身嗎？妾身……沒錯，只有妾身會袒護小桃。但並不是出於同情，而是居心不良。妾身故意讓她說出更有趣的話，好讓她受到更多人的嘲笑。

小桃曾說過她跟妾身「感情很好」？

為何胡亂捏造事實呢，真是個笨蛋。誰稀罕跟妳那種人……！

……唉呀，在老爺面前口不擇言，真是抱歉。但我真的很討厭她，討厭到無以復加。

小桃是在棉被房裡懸梁自盡的。

她應該是用盡了臨死前的最後力量吧……這是關起房門才能講的話，是妾身發現屍體的呀。雖然我已經習慣小產兒的死屍，但成人的屍體卻是恐怖萬分。一雙眼睛瞪得好大，眼神是那般地空洞茫然……

由於小桃是無人祭拜的孤魂，因此沒有法號，屍體還被就近丟棄到「孤魂野鬼寺」去。下場跟小產兒一樣。

妓院其實有知會小桃的養父母，但他們因害怕被索討剩下的欠債而沒有現身。結果，包括她的那些常客在內，沒有半個人為她上香。猝死的妓女，身價比路旁的馬糞還不如呀。

巡查大人依照慣例前來調查，但在得知死者乃因偷竊事跡敗露，以及為債務所苦而上吊自盡後，便立刻打道回府。那是個垂垂老矣的老頭，跟當時的巡查大人完全不同。

老鴇們大概擔心遭到詳加調查將會牽扯出更多事端吧，因此絕口不提鑽石戒指的事情。而之所以請和尚前來，也不是要請他誦經引導小桃至西方極樂世界，而是請他作法以避免邪靈作祟呀。

仔細一看，原來他是妾身小時候附近寺廟的和尚，也就是那位曾讓妾身看地獄草紙又趁機對我猥褻的和尚，但他卻完全沒察覺我。現在只要給點錢，他就什麼都願意做，還可以把你送到西方極樂世界去呢，呵呵呵。

不論生前如何，只要被誦經超渡，小桃也能成佛，甚至立刻投胎成人的。

……「能夠大吃美食、每天睡午覺、穿上美麗的衣裳，而且歡笑不斷，應該沒有這樣的地方吧。」不知是誰這麼發牢騷時，小桃回道：「極樂世界就是這種地方呀。」

「傻瓜，極樂世界要死了才能去啊！」立刻就有個人回嘴了。

結果，小桃回答：「假如能去那種地方，我死也甘願呢。」

「妓女哪能去極樂世界啊！根本沒做過件善事，一定是去地獄的啦！」被人如此怒斥，小桃顯得非常怯懦害怕。

小桃原本是個想法溫厚正向的女孩呀！我覺得有點同情她，便笑著說：「也許連閻羅王都會搞錯呀，看到小桃總是一副開心的模樣，說不定他會因此把妳送去極樂世界呢。」於是，小桃開懷大笑了。

真是個傻瓜，無可救藥的傻。怎麼會有這種對妾身掏心又掏肺的笨蛋呢……

——不過啊，戒指還是怎麼找都找不到唷。

無論小桃受到多大的虐待，就是堅決不吐露。明明已經承認事情是她做的，卻絕口不提贓物的下落。她到底是想包庇誰呢？……應該沒有才對呀……

她現在應該已經在地獄了吧。對閻羅王保持緘默的話，應該是行不通的吧。

話說回來，她若是還活著，也等同於住在地獄門口呀，根本沒兩樣嘛。

……老爺老爺，您已經睡著了嗎？……真的睡著了耶。虧我花了那麼多精力，您總算是睡著了。

那麼，我說姐姐啊，這次換妳醒醒嘍。

起來聽我說話吧。我好想徹夜不睡的跟妳聊聊。

這樣可以嗎？枕頭的角度還好嗎？再往左斜一點啊？我知道了。

……哇嗚，這月亮真美呀。極樂世界應該是陽光普照的吧，而地獄則是永遠處於黑夜吧。

姐姐妳應該知道吧。其實我一點都不討厭小桃。

搞不好還像喜歡那位巡查大人一樣，那麼的喜歡她。

但是，我非恨小桃不可呀。

一想到巡查大人就流眼淚是無所謂的，但若想到小桃，是絕對不能哭的呀。

姐姐一定能夠體會吧。

因為小桃要去極樂世界呀。

或許她做的是賣淫勾當，但她真的是個心地善良又純淨的女孩。

偷走戒指的人其實是我，這點她也知道。她明知道卻仍包庇我。

那孩子只聽我的話，也非常喜歡我唷。

但我卻成了折磨小桃的始作俑者。

而且……姐姐妳也知情吧。

勒死小桃的，就是我。

並不是因為我擔心她說出實情，會造成我的困擾。

我只是想讓那孩子前往極樂世界呀。

勒死人非常簡單。雖然是從後面勒，但小桃的脖子這麼一斜，歪頭看著我。那是一雙美麗無邪的眼睛，相信人心的眼睛，真是恐怖啊。

當那股痙攣傳到我身上時，我很清楚的明白，小桃一定可以去極樂世界。

還有，我一定會被打入地獄。

即使閻羅王不收我，我在活著時就決定了。

自己決定就好，我要下地獄去。

打從出生至今，我從未自己決定過什麼，一次也沒有。不用說做決定，連拜託過上天都沒有。但唯有一件事，我想自己決定。

那就是下地獄這件事。並不是被打入地獄，而是自己決定去的。

我之所以憎恨小桃，正是因為這個原因。

如果我說喜歡小桃的話，閻羅王應該會疑惑，為何小桃會有這麼壞的朋友吧。既然有這麼壞的朋友，那小桃應該也是壞人吧。閻羅王說不定會因此將她打入地獄。既然這樣，我當然必須憎恨小桃才行。

因為憎恨到極點而痛下殺手。小桃是被自己最相信的人給勒死的。

這麼可憐的事情怎麼可能發生在她身上呢？不管閻羅王再怎麼囉唆，佛菩薩也肯定會牽住她的手，帶她前往極樂世界吧。

這麼一個好女孩，甚至還願意為我頂下偷竊的罪名，卻居然被我給勒死了。我還故弄玄虛，讓人誤以為她是自盡尋短。因為只有這個方法，才能達成我們彼此的願望。

姐姐應該心知肚明吧，如果我下地獄的話，就代表姐姐也一樣要下地獄喔。無論妳的想法多麼崇高偉大，也是無濟於事。不論念了多少感恩經文，也是徒勞無功喔。

姐姐既沒有殺害父親，也沒當過小偷，更沒殺害過朋友，而且也沒賣過淫，卻將被帶到地獄去。

應該沒關係吧，因為我要妳陪我呀……應該無所謂才對吧。

因為我們原本就生長在地獄附近呀。

我們原本就是陰錯陽差才被生下來的，而且還莫名其妙被留下小命。

我自己一個人去遊地獄當然沒問題，但若能跟姐姐一起去，肯定會更棒。

——咦，老爺呀。您該不會在裝睡吧？

唉呀，身體怎麼綳得那麼緊啊。

因為妾身說了什麼恐怖的故事嗎？那是老爺您在做夢啊，是做夢。妾身什麼也沒說，您怎麼像個孩子一樣，身體縮成一團呢。呵呵呵。

……不過，我越來越覺得您真是個怪人耶。想再聽夢境的後續嗎？好吧，但這是夢喔，只是一場夢罷了。而且，如果您真的信了妓女所說的話，可就是個傻瓜喔。

請您明天醒來後，就立刻把它忘了吧。如果忘不了的話，那麼每晚就會出現更恐怖的夢境，讓老爺無法睡個好覺喔。

您是指剛才所說的「姐姐」嗎？如果您真把它當作是一場夢的話，那我就讓你們見個面吧。

可以請您稍微坐起身嗎？待我把頭髮給放下來吧。

老爺，您知道為什麼妾身會長成這副德性吧？眼睛跟鼻子之所以會朝著左側太陽穴向上吊起，就是因為這個原因呀。

唉呀，您驚訝到合不攏嘴啦？還流了一身汗呢。即使這麼搧個不停，終究難抵夏日的炎熱啊。但您還真會流汗呢，還起了一身的雞皮疙瘩呀。

這就是我姐姐，我們是雙胞胎。對了，老爺，妾身只是說「我姐姐，她已經沒了」，但我可是從未說過她已經死了呀。所謂「已經沒了」是指她沒有人的外貌而已，並不是指她沒了性命。

雙胞胎中，較先出生的是弟弟或妹妹。因為妾身出生時胎位不正，從腳先出來，而頭上連接著的部分則成了姐姐。如果是正常從頭先出生的話，那麼妾身就是姐姐了。

聽說在江戶時代的文獻上，也曾記載過像我們這種怪異的雙胞胎。

但這是從一個不守紀律的和尚那兒聽來的，應該不是很準確吧。

什麼？您說我們不是雙胞胎？那是什麼呢？

……人面瘡？

或許吧。這東西與其說是我姐姐，不如說是妖怪還比較貼切。

是的，打從出生開始，她就這麼黏在妾身的頭頂左側。而且只有一張臉而已，眼睛、鼻子和嘴巴都有，但沒有頭髮和眉毛就是了。

怎麼嚇到閉上眼睛啦，請您仔細看一下嘛，這只是個夢境罷了。

牙齒則是長出三顆。這牙齒還真令人頭痛呢。每當她發怒生氣或心情不好時，就會啃咬妾身的頭，好痛喔。

她明明就只有胎兒拳頭般的大小而已啊。

事到如今，再找藉口也沒用，其實殺了我爹的……直接拿起搗麥槌從我爹身後敲下去的是妾身，但情緒激動的喊著殺了他、殺了他來慫恿妾身的，是姐姐呀。因為她自己也想做那檔事，但沒辦法而惱羞成怒吧。

唉呀，如果真覺得噁心的話，那就閉上眼睛，假裝它只是個爛瘤好了。

但唯一值得欣慰的是，她至少不是長在前面或後面吧。哈哈哈，您知道妓女都是右側朝下入睡的吧。那麼，妾身成為妓女一事，真可說是前世註定。

這裡的人應該都不知道吧。這件事只有我娘知道而已，我爹什麼也不知道就死了。我爹大概只對妾身的屁股有興趣吧。

我都是一個人入浴，洗頭時也是小心翼翼避免讓人發現，所以誰也不知情。

只有一個人知道，那就是小桃。

當她被我勒住時，痛苦得拚命掙扎。然後，她一把抓起妾身的頭髮……而我姐則正偷看著這一幕。

小桃？……如果在這世上臨死前所看到的是姐姐的話，那應該就死而無憾了吧。

……老爺，您醒來後，就把這件事給忘了吧。

我姐姐的怨念是很可怕的。因為沒有身體，所以意念非常強喔。

……姐姐，姐姐，讓老爺瞧瞧吧。

您瞧，她笑得多開心啊。雖然像個妖怪，但也滿可愛的吧。

姐姐嘴裡含著的呀，就是那枚鑽石戒指。

並不是妾身想要啊，而是姐姐想要的。

或許因為長得這副德性吧，姐姐經常哭著說「好想看看美麗的東西」。

啊，對了。她雖然無法說話，但我們的頭連接在一起，所以妾身跟姐姐的想法是彼此瞭解相通的。

姐姐也常想起巡查大人的事情，但她不會掉眼淚就是了。

對於妾身跟姐姐而言，什麼崇高理想、感恩惜福的，其實都無所謂了。現在才祈拜尊貴的神明，那又有什麼用呢。

我們只想在死亡之前，多看點美麗的事物。

不過，第一次看到這枚戒指時，的確覺得它相當耀眼，但現在看起來卻覺得平凡無趣。充其量只是個發光的石頭罷了。

若真要比的話，小產兒漂浮的河裡，那四處滾動的小石頭反倒比較美麗。有時候，我還會找到浮現胎兒臉孔的石頭呢。每個都是燦爛笑臉，因為他們還眷戀著爹娘吧。

話說回來，這枚戒指跟姐姐的牙齒剛好相合呢，姐姐說只要咬著它，心情就會很好。在光線照射下，它甚至比小石頭更閃閃發亮，讓她相當開心呢。

唉呀，真是的。我不該重複說同樣的事情。

這只是一場夢。如果醒來後，能夠忘個一乾二淨的話，那妾身就全部說給您聽。

您問，如果忘不了的話……？

那麼，您下次肯定就無法再來了喔。

因為，您將無法從這二樓活著走下去啊，呵呵呵。

事實上呢，老爺。妾身自從十六歲被賣到這兒，到今年已經滿七年，賣身契即將到期。苦海……沒錯，苟活沈淪的苦海只剩下半年了。

離開這裡後，就可以任意過自己喜歡的生活了。不過，其實我連任意跟喜歡的意思都還不懂就是了。

欠債也都還清了。

只是，我娘已經不在那個家了。

她說要去朝聖參拜，就帶著所有錢財到四國去了。

我想，她應該是回家了吧。回到那個庭院裡有著鯉魚悠游的池塘的大宅邸。

因此，妾身離開這裡後，還是孤單一人。

不過，姐姐會一路伴著我直到地獄最底層喔。

仔細想想便覺得無比神奇。因為不管遭遇多麼可憐的困境，總是有個緊緊相連的姐姐陪伴著我呀。

老爺您一定知道吧。岡山到津山之間的陸地蒸汽車（亦即火車），在今年年底就要通車了。就像砲彈一樣快，那用鐵做成的車子居然會跑呀。

妾身把欠債還清後，在這裡攢的錢也全都沒了。

不過，用來購買陸地蒸汽車單程車票的錢倒是還有。

這裡所提供的食物，不過就是夜裡的一碗茶泡飯而已。您知道外叫的餐食都要自己付費吧？妾身可是在這方面盡量儉省才存到一些錢的。

因為，我已經習慣挨餓了呀，並不覺得有多難熬。

跟不是很喜歡的男人做那檔事也是啊。

妓女的行規有千百種，其中之一就是即使在寒冬也不能穿上短布襪。所以，妾身已經事先買好短布襪了。

那是雙雪白美麗的短布襪，妾身要穿上它搭陸地蒸汽車回津山。我只掛心這件事，而今也都完成了。

姐姐應該不需要車票吧，呵呵呵，也不需要短布襪呀。

只要讓她咬著鑽石戒指就好啦。

終點站是津山，接著還要穿山越嶺，走過水田、田間小路和矮竹林才行。純白的短布襪肯定會變得髒兮兮。

您問我是不是很想回老家？

不是喔，那是因為我只能回到那裡去啊。

那空無一人、沒有人等待著、雜亂荒蕪的破爛小屋。那只是個至少不用露宿街頭的替代品。也是個滲滿鮮血、糞便與怨念的腥臭地方。

即使墮子婆不在了，但小產兒依然會被丟棄在那條河裡，獨自嚶嚶哭泣吧。

儘管如此，妾身還是要回到那裡。

如果可能的話，真希望陸地蒸汽車不要在津山停車，而是直接通往地獄。

搭上陸地蒸汽車後，大概會飄飄然而昏沈想睡吧，既然如此……那我乾脆睡過頭而忘記在津山站下車，直接抵達真正的地獄。那令人昏昏欲睡的血池。

在抵達地獄之前，從窗口會看到什麼樣的景色呢？應該不會馬上看到針山血池吧，也不會有惡鬼突然跑出來吧。應該會先看到被折磨至崩潰的人類吧。

那肯定是空洞而乏味的景色吧。

鮮紅色的地面，漆黑的天空。從天與地的正中央流過的泥巴河。飛翔其間的則是瘦弱的鳥兒。

那大概就是人類誕生前所見到的景色吧。

喂，姐姐，我們一起回去吧。

那麼，老爺，請您好好的……休息吧。如果能做個好夢就好嘍——

老爺，該起床嘍。天已經亮了。您聽，那不是傭人打鈴的聲音嗎？您看看窗外，那渲染得湛藍無比的天空。

怎麼啦，一臉發呆的樣子。

沒睡著嗎？做夢……您應該沒做夢吧。

妾身看您睡得相當沈啊。

總之，快把那些奇怪的夢給忘掉，今天也要努力工作唷。

一直催促您，真是抱歉，因為今天輪到妾身打掃茅房跟洗澡間呀，呵呵呵。

……是什麼讓您睜不開眼睛呢？是我的頭髮嗎？這是理所當然啊，因為我們不能讓客人看到睡醒的凌亂模樣。在客人起身之前，我們必須先梳妝打扮整齊才行。

過幾天一定要再來惠顧唷。

什麼？想來個離情依依的告別？

想要親嘴啊。可是人家覺得難為情耶。

那麼，老爺……請您一定要閉上眼睛唷。

——

喀的一聲，是什麼碰到牙齒了嗎？

那當然是妾身的牙齒嘍。

什麼？牙齒上好像咬著堅硬的金屬？

您還真敢講，真是的。唉呀，頭髮都亂了。

您說我的髮間好像有什麼在偷看著？還看到了紅色的舌頭吐來吐去？真是的，一大早就這麼愛說笑。

……老爺，您嘴裡含著什麼東西呢？

閃閃發亮的……真的好美呀。

——我姐姐好像愛上老爺您了耶。但不知您意下如何？

告密箱

由於岡山縣內霍亂病蔓延，謹於××村公所內設置告密箱。倘若鄰人中有疑似患者或藏匿患者之嫌疑，皆應寫下其姓名並投入告密箱。此外，除了對告密箱加以嚴密上鎖之外，為了保護密告者，也均予以匿名處理。

為了避免傳染病蔓延，才加強宣導此舉，然決議不給予任何獎勵。

和氣××村公所

明治三十四年六月一日

「岡山市公所果然就是不一樣。因為原本就是士族大人的宅邸，牆壁甚至乾淨到刺眼，還有很多女子學校出身的美女。跟我們這老舊髒污的村公所實在差太多啦。」

在這燻黑老舊的村公所裡，只有柴田副村長一人身穿西裝，可腳上卻踩著草鞋，而且每天都會突然扯開喉嚨大聲嚷嚷好幾次。尤其自從上個月，村長因腰部受傷而沒來村公所之後，副村長更是變本加厲。每當副村長又突然大聲嚷叫，垂掛在低矮天花板上的油燈，總會跟著搖晃，並將那窮酸身影倒映在晦暗的牆壁上。

副村長用那震耳嚷叫聲所要表達的，不外乎因優越感與自卑感交織而成卑微又自我的當年勇，或是高傲又自大的吹噓話語。出身於岡山師範學校，雖是他最引以為傲的過往，但問題是他的同班同學們全都離開家鄉，在岡山或神戶各有一番成就了。儘管他好歹也升到了副村長，但在這僅有三十幾戶的窮鄉僻壤中，也沒啥好驕傲自誇的。

「沒有白色牆壁倒還無所謂，但至少來個女子學校畢業的美女嘛。」

被柴田副村長這麼一說，那些「只喝過一點墨水的老百姓職員」，他們的工作態度就如同對待副村長的回應般，一樣都是虛應故事。

「如果副村長再有力一點，就可以幫忙改建這裡了呀。」

不論副村長說什麼，有五名職員都會予以回應以討其歡心，有兩名則會委婉的挖苦或諷刺，而一句話也沒說、總是工作不離手的則僅有一人。

在這村公所裡，最資淺且未滿三十歲的片山弘三，默默做著單調的穀物檢查票的確認工作。他嘴角浮現些微苦笑，但並沒有侮蔑副村長的意思，而是懷抱著「我其實沒有惡意唷」的謹慎想法。儘管沒有明確說出這些想法，但他心裡明白，比起每次去岡山市公所或縣政府洽公回來後都帶著一臉自卑，而且變本加厲更加自吹自擂的副村長，自己顯然明辨事理且樂天知足多了。

弘三在這村子裡，是普通農民家庭的三男，高等小學畢業後就投入職場。因為在校成績相當好，因此立即被村公所採用，以他的學歷而言，雖然升遷不甚有望，但是他本人跟雙親並不在意。因為他畢竟是以讀書、寫字、算術等知識性工作來維生，如今能夠在村議員、村長、副村長等村內名人身旁任職，他覺得已經是無上的光榮。而且對弘三的雙親而言，比起繼承家業的長男以及被鄰鄉富農招贅的次男，弘三這個兒子更讓他們引以為傲。要當個隨時讓父母感到驕傲的兒子並非難事，只要每天持續工作不間斷就行了，只要在上班時間處理完上司交付的工作，便能準時下班回家，而枕邊人也是永遠忠貞不變。

弘三的眼神落在因天色變暗而蒙上陰影的手上，小心翼翼的嘆了口氣。飛蟻在微暗的吊燈下交錯飛舞著。已進入夏天時節了。單薄的木棉上衣沾染了汗漬。儘管妻子阿富已相當努力每天換洗，但那濕透的布料還是緊貼在他的皮膚上。

「這麼說是沒錯啦，但看來還是會再度蔓延哪。」

頻頻搧著扇子的副村長，這次壓低了音量說。坐在弘三隔壁的男子在打死停在脖子上的蚊子後，也同樣壓低了音量附和。

「就連我們這村莊，也都有人死掉啦。」

這時，弘三的手突然停下來。他手上翻到的確認票上所登錄的名字，即使在幽暗的燈光下，也清晰可見。那是鄰居老人的名字。也就是方才副村長他們壓低聲量說著，因傳染病而被帶到避難醫院隔離，隨即一命嗚呼的老人。

「唯有狼神，才能勝過虎將軍呀。我看我們村公所乾脆到木野山神社去拜拜好了。」

「可是，木野山神社遠在上房郡跟川上郡那一帶，需要去那麼遠的地方嗎？」

霍亂病的別名又叫做虎將軍，而高梁川的木野山神社所供奉的正是狼神，這點弘三也知道。但隨後他們曖昧竊笑而脫口說出的女子名字，弘三可就完全沒聽過了。

「不需要特地跑那麼遠吧，叫早紀的爹娘作法就好啦。」

「早紀的爹娘可會做生意了。聽說他們已經把木野山的神明給請出來了。」

「不不，最會做生意的應該是早紀吧。」

弘三抬起頭來，發現坐在幽暗牆壁旁的柴田副村長身上，有奇妙的影子。理應只有副村長的影子才對，但浮現於粗糙土牆上的影子，卻覆蓋在副村長的影子上。不知為何，還能清楚看出是個女人身影。

弘三並沒有意識到自己全身無法動彈，連眨眼都動不了而眼睛乾澀。以塞坐在傾斜簡陋的木桌及椅子間的姿勢，弘三不知為何，沒喊娘也沒叫出老婆名字，反而念出前些日子因霍亂病而死的老人名字。就在那牆壁上螺絲鬆動的八角形時鐘傳來冷清的報時聲時，弘三便從莫名的詛咒中解脫了。在那已幽暗到看不清人臉的室內，微弱的燈光讓蟲鳴聲更加明顯。副村長已起身站在出入口方向，背對這邊，邊吹著煙管邊眺望門外。那詭異的影子已經不見了。不過，這次卻換成副村長本身的影子莫名消失了……

上衣吸了大量汗水後，有種不舒服的涼意。弘三因感到害怕而更加驚恐。他相信在意識到的瞬間，那影子已經來到自己背後，所以自我安慰著：那是清潔工忘了打掃油燈燈罩，所以才會映照出奇怪的陰影啦。

不過，奇特的影像又再次映入弘三眼簾。從副村長的煙管口吹出的煙，逆著風且拉長了尾巴。下一瞬間，弘三耳畔還感覺到一股女人的氣息。這女人留下朦朧模糊的悶笑，穿牆壁而去了。弘三頓時起了雞皮疙瘩，並且覺得自己剛才似乎可看透牆壁。應該是太累了吧，他不由得喃喃自語著——。

前往弘三家所在的村莊道路，是條和緩的坡道。雖說在岡山市內會有點燈人沿路點起路燈，但在這貧窮村莊裡可別指望太多。爬上坡道後，首先出現的是細井家的燈，這對弘三而言，可說是盞指引方向的明燈。至於庭院裡擁有大棵柿子樹的這戶人家的燈光，則彷彿是喜悅地告知我家就快到了的路標。那寬廣的庭院裡隨時都有人在。老爹打稻草、男主人劈柴火，或是年幼的小姐姐照顧著弟弟等。偶爾還有媳婦洗衣服，老婆婆在一旁將豆子鋪在席子上曬的情景。無論是誰，一定都會向路過的行人打聲招呼，弘三也會和他們寒暄幾句。如果打招呼的是媳婦，他就會想多聊個幾句，但內容也僅限於村裡的誰嫁人了，或是喝過山陽彈珠汽水沒等，無關緊要的閒話。其實弘三也想多聊點其他話題，但一想到靜吾郎憑著粗壯的手腕，在祭典的相撲大會上總是榮獲冠軍，在前陣子的日清戰爭還光榮受贈金牌勳章，他就露出軟弱諂媚的微笑了。

不過，今天庭院裡卻是空無一人。拉門上映照著橘黃色燈光，但是四周寂靜無聲。在弘三的心裡，不滿的成分比疑惑來得多，畢竟在這裡被迎接招呼已經成習慣了。

突然間，在柿子樹底下似乎有什麼在蠕動著。有個穿著白衣的人在那兒，弘三本以為是這戶人家的老爹。但在夕陽餘暉下，那嚴重凹陷的眼窩及消瘦的臉頰，實在是怪異到太醒目。不過，體格也不一樣。因為這家的老爹個子矮小到會被誤認為是個孩童，但這個人甚至比弘三高大許多。

弘三嚇得無法動彈，目光也被吸引過去。這個人忽然在柿子樹下蹲了下來，發出漏水的聲音，接著便聞到一股難以言喻的腐臭腥味。地面上散著一攤白色渾濁的水，大概是嚴重下痢吧。隨即傳來一陣高亢的悲鳴聲。那並不是鳥叫聲。赤腳飛奔而出的媳婦急忙跑來，弘三終於瞭解那異樣者並不是老爹，也不是魔鬼，而是靜吾郎。啊！弘三不自覺的發出驚嘆聲。是霍亂病。靜吾郎已經被感染發病了——。

橘黃色的門上，蒙上了一層無比不祥的顏色。按摩著靜吾郎背部的媳婦，懷有敵意的抬頭看著弘三。那種眼神不像是在看望同村村民，而是在瞪視著關係到靜吾郎是否會遭到隔離的村公所職員。恨到咬牙切齒的媳婦，臉上表情從那平日可愛的鼓鼓笑臉，瞬間變為令人難以想像的可怕模樣。

「沒事的，快點回去吧。」

弘三不發一語的走了出去。心跳跟腳步聲都相當沈重，胸悶難受得差點喘不過氣來。而那早已忘卻的孩提時期所懼怕的草紙畫，瞬間栩栩如生的復活了，但他立刻告訴自己，諸如此類容易被人一眼就看穿的幽靈，都只是虛構的故事罷了。西風捲起一股排泄物的惡臭，如影隨形的跟隨著弘三。如果家園沒了，該怎麼辦呢？弘三就像個孩子般手足無措的想哭。淡黑色的烏雲越壓越低，逐漸籠罩整個村莊。

「怎麼啦？是不小心掉進河裡了嗎？」

阿富驚訝的張大眼睛，開門迎接幾乎全身濕透的弘三。她立刻把水桶提來，坐在玄關木地板上，脫下弘三的衣服，仔細為他擦拭身體。

「細井家的靜吾郎，好像感染到霍亂病了。」

終於能夠好好喘口氣後，弘三跟阿富這麼說。正在擰乾手巾的阿富，那圓圓的臉上多了點陰鬱。阿富一向不會表露情緒，就像弘三被稱作是認真又從不犯錯的男人一樣，大家都說阿富是個沈著冷靜的好女人。她自幼父母雙亡，或許是由祖父母扶養長大的緣故吧，她的長輩緣因此特別好。在聽到弘三的話之後，她並沒露出驚訝的樣子。她迅速脫下弘三的衣服，連同手巾一起放入水桶中。或許是被這異樣的氣氛給嚇著吧，和子和美佐子都待在最裡側的六疊大榻榻米房間裡，不敢出來。

「放心啦，妳們爹沒感染什麼病呀！」

阿富轉頭看了孩子們一眼，隨即打開衣櫥取出換洗衣物。

「田邊家也是全家都臥病不起哪。得趕緊把那個消毒藥水灑在家中四周才行。」

將石炭酸溶於水製成消毒藥水灑在霍亂病患住家的四周，弘三從小就負責做這工作。因此，消毒藥水與排泄物臭味混雜在一起的氣味，對他而言，是可怕卻令人懷念的兒時回憶之一。

「田邊全家都被帶到避難醫院去了呢。至於細井家……既然被你知道了，恐怕也難逃被隔離的命運吧。」

出現霍亂病患的人家，都會極力隱藏染病事實。因為比起「在避難醫院抽光鮮血」的恐怖傳言，患者家屬寧願選擇讓傳染病蔓延。以弘三的立場而言，理應要破除這種不實傳言並且勸告入院。但事實上，在公家任職的弘三也曾視察過避難醫院，那氣味真是令人退避三舍，不過，那種醫院只會讓病患服藥或浸泡藥水浴，並不會如傳言那樣將病患放血殺害。只是，那裡約有六成的病患都是藥石罔效就是了。

立刻向上級通報細井家出現感染者，並盡速將病患帶至避難醫院辦理隔離手續，這是弘三的職責所在。不過，弘三至今雖曾多次聽到某人受到感染的謠言，他卻一律裝作不知情而交由其他人通報，或是暗地裡等待著該名病患病死。因為一旦通報者的身分被拆穿，雖不至於受到全村的排擠，但勢必會遭受被隔離者及其一家人所怨恨。實際上，村裡還曾因此發生械鬥事件。

弘三頓時起了雞皮疙瘩，但不全是因為裸身的緣故，而是想起靜吾郎他老婆那銳利的眼神，因而背脊發涼。這一家人當然極力想把罹病的靜吾郎窩藏起來，無奈卻被弘三親眼目擊到。因此，倘若因誰的通報而導致靜吾郎遭到隔離，那麼這家人肯定會認為通報者，不，告密者就是弘三，因而懷恨在心吧。不論多麼誠懇解釋避難醫院擁有如何完善設備都沒有用。因為告密者就跟出賣村莊的人一樣，讓人憎恨。

「阿富！」弘三不自覺的喊了一聲。從背後為自己披上乾淨衣服的阿富，平日只是個嬌小安靜的女人，但此時卻變得讓人想依賴的巨大。弘三就像個被斥責而拚命找藉口的孩子般，將心裡的不安全說了出來。女兒們總算來到地爐前，天真的玩著小沙包。真不知這平淡安穩的日子往後將會變成什麼模樣？這麼想著的弘三頓時害怕了起來。因為這股動盪肯定比感染霍亂病還要嚴重。

「我懂了，不用擔心，你只要像平常那樣路過就好啦。」

幫弘三綁好腰帶後，阿富在耳邊輕聲地說。思索片刻之後，弘三說出了個突發奇想。雖然知道這絕非正確對策，但此時也只能交給阿富來處理了。

雖然因此暫時鬆了口氣，但弘三終究沒說出有個詭異影子出現在副村長背後的事情。因為他認為靜吾郎畢竟是活在這個真實世界，而那怪影不過就是個怪影罷了。儘管阿富再怎麼厲害，應該也拿幻影沒轍吧。沒錯，那只是身心疲憊所造成的幻影。眼前的擔憂就只有靜吾郎染病這件事，而這件事只要交給阿富來處理就行了。阿富會像這樣永遠扶持著丈夫，以賢慧幹練的媳婦之姿守護這個家，直到死亡為止。因此，那個詭異謠言中的女人身影，應該不需要跟阿富講吧……

儘管只是稍微淺眠，隔天弘三仍一如往常的按時起床。阿富所做的早餐，除了醬瓜之外，其他都是熱騰騰的。阿富的教育程度雖然僅止於勉強能讀寫平假名，卻非常具有衛生觀念。吃喝的食物全都以火加熱過，當霍亂病蔓延時，連午餐也不是準備便當，而是讓他回家用餐。這種好女人在村子裡也相當罕見。

順帶一提，她總是一再換穿著陪嫁時帶過來的衣服，但弘三畢竟是在村公所任職的身分，若是穿得太寒酸，總是會不好意思，所以她都會在夏冬換季時，幫弘三做些新衣服。她不但努力做著麥稈編帶手工，還會默默幫忙大哥家的農活。對於弘三的爹娘而言，就跟認定弘三是最值得驕傲的兒子一樣，阿富也是他們心目中最好的媳婦。

——當柴田副村長直到晌午時分才走進辦公室時，儘管大家心裡都打了個寒顫，外表卻仍強作鎮定。也就是說，「你是工作過度得了夏季感冒吧？如果很難受的話，就回家休息沒關係。」

以擔心的表情出聲關切的有五人。

「你氣色這麼差還坐在這裡，會把前來村公所的人全都嚇跑喔。」

皺起眉頭的有兩人，但即使這兩人想開玩笑說「該不會是得了那個傳染病吧」，但終究還是說不出口。

「不是啦，不是你們擔心的那種病啦。我也沒拉肚子啊。」

儘管副村長這麼說，但那聲音卻不是以往的聲音。他似乎努力的想提高音量，卻越顯得嘶啞。總是一臉苦笑表情的最後一人——弘三，將那不自覺會望著副村長背後的目光，拚命的移往其他地方。雖說是晴朗的上午時分，但低矮的老舊木造房屋裡，到處都形成了影子，就連自己那握著筆的手下方都有一層影子。

副村長的臉色跟靜吾郎非常相似。雖然不至於雙眼凹陷、臉頰消瘦，但眼睛下方的眼袋卻烏黑一片，嘴唇也沒有血色。因為是圓臉，所以少有被歲月刻畫的痕跡，但今天那像是被深烙下的皺紋，卻相當醒目。即使坐在座位上，也用那充滿血絲的雙眼不停張望。副村長的一位心腹下屬，悄悄地被叫了過去。弘三持續做著單調的資料登記工作，努力讓自己不要看向那邊。

弘三低著頭，眼前閃過一個女人名字，那名字化成了一股不祥的影子飄然而過。

「柴田副村長被早紀給附身了啦，那女人……是真的呀！」

是早紀。當這名字傳入耳朵的瞬間，似乎有股力量迫使弘三轉向那頭。敞開的大門邊，站著一個女人。身上穿著花俏而俗氣，卻衣衫不整的年輕女子。沒氣質又打著壞心眼的表情，為何能擁有這麼一副美麗容顏呢？正當感到不可思議時，弘三發覺這女人正看著柴田副村長，不禁發出一聲慘叫。

事實上，是有那麼一聲慘叫，但那並不是弘三發出的，而是柴田副村長摀著胸口跌倒在地。弘三像彈簧般跳起的同時，那女人也不見了，不是用走的離去，而是真的在眼前消失了……而且是連個人影也不剩。

因心臟麻痺而昏倒的副村長，被村公所裡的男子們抬起來，送往村裡唯一的診所。根據回來的人的說法，副村長雖然救回一命，但身體似乎已經相當虛弱。

「總之，幸好不是霍亂病。心臟麻痺應該不會傳染吧。」

這個人被公認是副村長最忠實的下屬，卻講出這麼事不關己的話，其實是有原因的。

「他跟早紀不是搞在一起嘛！那女人可厲害了。」

柴田副村長好歹也是村子裡的名人，雖然不至於愚蠢到招惹附近人家的女兒或媳婦，卻不斷地與妓女有所牽扯。那麼，早紀也是這種女人嘍。弘三自從出生以來就未曾離開過這個村莊，連職場也是在村公所。如果說他熟知村裡每張臉跟每件事，其實一點也不為過。那麼，早紀應該是遊民嘍。生性謹慎的弘三，猶豫著該向誰確認這件事。而且，他也想親自去瞭解這個女人。在這老舊村子一成不變的生活裡，他有預感紅花即將綻放。雖然這不見得是個好的預感……

——黃昏時分的坡道一如往常，但弘三今天的腳步卻格外沈重。和緩的坡道並沒有不同，但那家的燈火卻已不一樣。那燈色一如庭院裡的柿子顏色，但如果靜吾郎又從那地方走出來的話……一想到這裡，弘三就緊張得不得了了。再想到那柿子樹下假如又排出大量灰色排泄物的話，雙腿就不禁發軟。

庭園裡，果然有人在。弘三心想大概會有誰出聲打招呼，於是便刻意吞嚥口水想潤滑乾渴的喉嚨，這時，與不祥的橘色相同色系卻閃耀著溫馨色彩的燈光卻浮現眼前。弘三假裝不知情的走了過去。阿富也按照約定前來迎接。

細井家果然打算在被揭發前隱匿靜吾郎的病情，媳婦跟老爹察覺到弘三及阿富出現後，生硬的打了個招呼。在這個閒靜的日暮時分，任誰看了也不會發現，平靜橘黃燈光的另一端居然藏匿著重症病患。然而，那柿子葉的黑影似乎越擴越大，甚至完全遮蔽了這個家。老爹跟媳婦若無其事的走出庭院，臉上果然蒙著一層陰影。阿富卻仍笑容滿面的橫越庭院，邊搖晃著手裡的提燈，邊向細井家人們寒暄致意，態度自然又不做作。

「這人最近有點夜盲症，走夜路很危險呀，我擔心才來接他的。」

弘三表情僵硬，也沒答腔回應，阿富只好再推一把。

「聽說靜吾郎大人身體微恙，但已經恢復不少了吧。這人還說他在黎明時，看到大人在荒神家門前的田地裡割草呢！」

弘三終於勉強的點了點頭。因脫水症狀而近乎木乃伊狀態的靜吾郎，是不可能會去割草的，但靜吾郎的父親與媳婦都含糊的點頭致意。以這種程度的演技，來讓對方覺得「那麼，他那時候應該沒看清楚病狀吧」，實在是有點困難，但也別無他法了。總之，弘三必須確信這件事只要交給阿富處理，就絕對可以順利解決。

兩人齊聲道別後，便一同踏上歸程。或許是暫時放下心底重擔吧，弘三開始想著別件事。中午所看到的、帶著下流媚笑的美女，就是早紀呀。儘管只是驚鴻一瞥，但在弘三心中，早紀卻已成了美豔絕倫的「自己的女人」了。但這種話當然不能跟阿富說。

「……活該！我從以前就不喜歡那媳婦，總愛對男人拋媚眼。」

在天色迅速變黑的黃昏中，弘三瞬間停下了腳步。阿富嘴裡吐出的話既冷酷又無情，臉上還露出一副不輸給魔幻之女的冷酷表情。弘三只好假裝沒看到這一幕……

不久，細井家在不到一週內，就辦了三個人的喪禮，靜吾郎、他娘跟媳婦。而儘管老邁的喪家跟失去爹娘的孩子們都希望，至少等到喪禮結束才進行消毒工作，但避難醫院的相關人員卻立刻在細井家四周灑上大量的溶水石炭酸。無論怎麼解釋是夏季感冒惡化所致，細井家人是死於霍亂病的消息還是傳遍了整個村莊。在喪禮當天，竟輪到細井老爹發病而被帶到避難醫院隔離，而且還只活了兩天就病重不治了。至於細井家的孩子們則被其他親戚領養。

儘管為細井一家感到深沈的哀傷及悲痛，但在弘三心中，卻是安心的情緒勝過一切。因為在被指責是自己通報前，事情就被解決了。他也不是沒想過，倘若當時立即通報，或許就不會造成那麼多人喪命，說不定那燈火至今也仍可溫暖照耀。但他只要一多想，靜吾郎那張臉就立刻浮現腦際，所以便決定不要再去想。他相信阿富會對這個祕密守口如瓶，而且一如往常待在他身邊勞心又勞力。

被弘三視為路標的那戶人家的燈火，再也不會在日落時分亮起了。整個家園都被深沈的黑暗環繞，任由其荒廢。儘管那是棟豪華宅邸卻沒人願意購買，只因為那裡飄散著揮之不去的石炭酸與排泄物的臭味，以及這家的亡者們會現身於柿子樹下的傳言。

弘三在回家的路上，總是頭也不回的快跑而過。他固然害怕會有鬼魂假裝成活人，突然跑出來寒暄問候，但最令他恐懼的是，萬一那格子門上的橙色燈光突然亮起的話，肯定會讓他嚇破膽而驚聲尖叫。

真正的夏天終於來臨。儘管夏天是個食物中毒頻傳的季節，但在阿富的細心照料下，弘三一家人平安無事的度過每一天。霍亂病的感染人數在岡山縣轄內直線上升，而相信唯有狼神能戰勝虎將軍而前往木野山神社膜拜的參拜者也大排長龍。由於弘三需要到街道或港口進行檢疫工作，因此暫時無暇去幻想有關早紀的事。而且在那之後，那女人的幻影也未曾再出現過。

柴田副村長大概是覺悟自己的死期將近吧，也或許是因為身為副村長，卻沒有留下任何名副其實的功績而心焦吧，抑或純粹是擔心霍亂病蔓延而一心想做些什麼來預防吧。

任誰看來都會覺得死期不遠的柴田副村長，居然在病床上擬了個提案。但那究竟該說是奇招還是妙算呢，一時半刻也很難去判斷。

「告密箱？這是什麼呀？」

「假使附近有疑似霍亂病患者，可寫下其名放入箱中。通報者不需署名，箱子也將嚴密上鎖，這樣一來，大家便可放心告密了。」

然後，村公所裡便當真設置了個告密箱。在沈重且堅固的橡樹木箱外，牢牢貼上一層鐵皮，還刻意裝上一個龐然大鎖，並且取名為告密箱。前往探病的弘三等人還順便報告告密箱已裝設完成的消息。已經完全呈現死狀的柴田副村長，動了動乾涸的嘴唇，呼喊著某人的名字。因為只是嘶啞的細語聲，其他三人似乎都沒能聽懂，但弘三卻聽到了……是那個女人的名字。

從那遙遠的天空，不，莫非是從自己的耳垂後方，傳來了一陣女人的笑聲。明明就是個不祥的東西，但那吐在脖子上的甜甜氣息卻感覺好舒服——。

柴田副村長死後，設置告密箱一事便正式在村子裡公布。負責保管鑰匙的，當然是最資淺的弘三。儘管是個招致怨恨的苦差事，但弘三卻不敢有所怨言。他在心裡對自己說：反正又不是我告的密，而是匿名的告密者呀。如果要怨恨的話，就恨那個人吧……他同時也將負責開啟告密箱的事情告訴了阿富。阿富當然以一貫的口吻安慰弘三。

弘三的座位就在後門的前方，如果有誰想悄悄繞到後門的話，立刻就會被他察覺。而每個想要通報的人，都彷彿自己就是感染者似的躡手躡腳，並且在迅速將紙片放入箱中之後就逃之夭夭了。開箱作業是在每天下班的兩小時前進行。有放嗎？同事們也會好奇的過來圍觀。昆蟲屍體聲沙沙作響，紙片也紛紛掉落。

真是個狹小的村莊呀。裡面盡是弘三看過或聽過的名字，其中甚至還出現了上司的名字，但下場卻是遭到弘三馬上揑碎。因為他再怎麼看，都覺得這個上司是健康無虞的。只不過，有傳言說他的男女關係複雜程度不輸已故副村長就是了。大概是因此而引來仇恨及厭惡吧。弘三最討厭這種麻煩事，所以裝作事不關己。

如果這告密箱早點設置的話，自己大概也會寫上靜吾郎的名字吧！停下手邊的工作，抬頭望向窗外的群山，遠處似乎亮著橘黃色燈火，弘三又慌張的低下頭來。視線停留在某個女子名字上。「道長之女——早紀」。

弘三瞬間捏碎了那張紙，心跳急促，內心深處燃起一團炙熱火焰。他努力壓抑情緒，若無其事的拿著幾張紙片，走到上司面前。這位上司就是方才說到被寫上名字的男子。他就像傳承自柴田副村長似的拉開嗓門，大聲下令。

「從明天開始，前往這些住家探查。千萬別說是要抓出霍亂病患者，盡量態度溫和，放低姿態解釋說這只是挨家挨戶的例行視察。」

真討厭！但這表情只出現一瞬間。弘三立刻自我安慰著：會招致怨恨的只有通報者一人，然後便坦然接受了。而他回家後雖然因此藉故對阿富發牢騷，但阿富的不悅表情也只維持了幾秒鐘而已。

「只是來回視察的話，應該不會感染吧。我會比以往更加小心衛生的，你就放心去工作吧。」

被阿富的堅強與溫柔所打動的弘三，不自覺便脫口說出那女人的名字。雖說這名字是從別人那兒聽來的，但他也很想知道同樣身為女人的阿富究竟瞭解多少。

「早紀？是那個假道長的女兒嗎？在那森林盡頭的空房子裡，他們就這麼霸占著住了下來呀。」

超乎想像的回應。原來阿富也知道早紀呀。

「明明就沒有效，只是在騙財而已，天底下居然有這種壞名聲的遊民道長夫妻呀，現在八成也打算靠霍亂病大賺一筆吧。還說是從木野山神社請神出來的，根本就是大騙子，會遭天譴的。就連鳥居和狼神像也是不知道從哪兒偷來的呀！」

顯然不是詢問「她是個大美女吧？」的好時機。只見阿富輕皺眉頭，眉宇間刻畫出皺紋。

「早紀是有名的淫蕩女呀！只要付錢，誰都能上。不，聽說不用付錢也行。」

原來如此，這大概是阿富最討厭的女人類型吧，但弘三卻湧起至今未曾有過的興奮感。在這個私通盛行的村子裡，弘三在與阿富結婚前，不知悄悄上過幾個女人或寡婦的床，而阿富在婚前應該也有過好幾個男人吧。

現在結婚了，又在村公所任職，弘三明白自己必須謹慎行事。因此儘管慾望高漲，但弘三也只得邊撫弄著阿富邊幻想。若是以告密箱為由前去視察的話，應該馬上就能見到早紀，同時也不會被村民們羅織八卦流言，而且在面對阿富時也有藉口可搪塞。更何況早紀並沒有受感染，只是因個人恩怨被投書而已啊，弘三如此自我安慰著。因為他希望這個令人魂牽夢縈的女人，有著美麗妖豔的外貌。

在地爐火苗的微弱火光中，並沒有發生阿富變身成早紀這類的怪談。不過，香汗淋漓的阿富卻在今夜散發出一種異於以往的女人味——。

從隔天開始，弘三就必須以村公所的代表身分，前往家家戶戶進行巡查。也就是說，他必須前往被寫在告密箱內的嫌疑者的家。因為是匿名且嚴加重鎖，所以單純是私怨的投書也不少，這個部分可以立刻察覺。但確實藏匿著感染者的家中，恐怕也不會輕易讓人進去。不過，弘三是有正當理由可依循的，「真的只是想確認有否而已」。為了達成這項任務，弘三默默的不斷在心裡說著「要恨就去恨告密者吧」。

今天要針對四封告密信前往偵察，但實際上只有兩家。其中有兩張寫的都是早紀。但都已經被弘三給捏碎了。因為他雖然最想先去早紀那兒，卻還沒有做好心理準備。那女人並沒有受到感染。昨天跟今天都聽到不少傳言。投書者是被拋棄的男人或是被偷走男人心的女人。不過，如果真有這麼複雜的男女關係，那被指責會造成病情蔓延，也是沒辦法的事。再過不久，自己也要去威嚇那惡女了，光是這麼想像，弘三就彷彿沈浸在超越自我的恍惚之中。

首先是擁有一座花紋草席工廠，而且雇用好幾個幫傭的安西家。那是從以前就飄散著一股藺草香的富裕之家。告密者以相當好的文筆，述說至今已經一個月沒看到安西主人家的身影。這極可能是商場競爭對手的投書，但總之必須去看看才行。

茅草屋頂厚達三尺高的安西豪宅，即使在炎炎夏日裡，也是涼快的佇立著。泥土房間被打掃得相當乾淨，稍遠的工廠則傳來編織機規律運作的乾澀聲響。藺草的芳香瀰漫四周，這裡的夏天是清爽宜人的。不過，得是在沒有藏匿霍亂病患者的前提下。

弘三安靜的深吸了一口氣。他並沒有聞到那甜膩厭惡的腐臭味。

「我是村公所的人，聽說有人最近不太常見到府上主人，所以有點擔心。」

當然不能開門見山就說有人投書至告密箱一事。因為剛開始曾經這樣老實交代而失敗過。有人因而大聲嚷嚷是誰告的密，也有人到村公所動怒發火。儘管這些尷尬場面都被年長的上司巧妙的化解了，但就連他那以兒子在公家任職為傲的雙親都曾哭著說，「如果是那麼被討厭的工作，乾脆辭職算了啦。」

此時，弘三的上司不只勸說弘三爹娘，還對怒氣沖沖前來村公所的人好言相勸。「弘三也不是故意要做這種吃力不討好的工作，而是為了遏止村裡傳染病的蔓延而努力呀！」總之，雖是被迫接受這份工作而只能毫無怨言的默默承受，但能夠因此而受到上司讚賞也算是好事一樁。畢竟若光是做確認穀物檢查票是否有誤的工作，是無法獲得好評的。

邊取下戴在頭上的手帕，邊走出來的是這家主人的老婆。在這窮鄉僻壤裡，難得擁有白皙豐滿身材的廣江，是從小就非常疼愛弘三的伯母，但她現在的眼神卻異常嚴厲。「別多管閒事吧，阿弘。你是來查這裡有沒有藏匿霍亂病患者的吧，像這種連狗都不願做的低賤工作，你還是早點辭掉吧！」

這讓一向好脾氣的弘三不禁大動肝火，以激烈的口氣回嘴道：

「無論再怎麼低賤，畢竟都是我的職責所在啊。不好意思，伯母，總之讓我跟伯父見個面吧，我才好回去報告。」

「……他生病了，還躺在床上。」

面對這意想不到的弱勢態度，讓弘三頓時對自己的嚴厲口氣感到後悔。因為這裡的主人家是不太好相處，但廣江伯母卻是小時候常將自己抱在懷裡，還給自己糖吃的好人。

「不過，絕對不是霍亂病。喂，你就回去這麼說吧！」

雖說弘三向來不喜歡強迫他人或是勉強自己，但細井家那家破人亡的下場，對他而言，就好像荊棘刺在胸口一般。他一再思量，倘若這裡也因自己的逃避而造成一家離散、甚至導致家破人亡，那就必須堅持下去。細井家的橘黃色燈火已經熄滅了，他不希望連安西家的蘭草味也消失。

「別動氣，伯母。我相信不是霍亂病，但請讓我見個面就好了。」

廣江又重新別上了手帕，圓潤的身軀轉過身，無言的引導弘三走進屋內。弘三被帶到一個距離主屋跟工廠都相當遠的地方。在長長的迴廊上，每走一步就發出嘎吱聲，庭園裡很乾燥，但踏腳石上的青苔卻是潮濕幽暗的顏色。聽得見鳥啼卻不見蹤影。廣江背對著弘三開了門，那碧綠清澈的紙門上，有濃密葉影搖晃，裡面還有個格子門——是間榻榻米牢房。待在那一片漆黑之中的，既不是畸形者也不是妖怪，而是安西家的主人。一股寒氣瞬間襲來。假如我是被他們夫妻聯手拖來這裡監禁，而且他們還出手毆打我的話，該怎麼辦呢？弘三真的好害怕，好怕自己的想像成真。

廣江呆站在格子門前。在那大白天都嫌暗的房間裡，全裸的主人家端然而坐。桌子上的捲紙及筆也都整齊擺放著，只不過紙上什麼也沒寫。此時，原本逐漸昏暗的天色突然轉晴，強烈的陽光照進室內，讓弘三有點喘不過氣來。

三方包圍的白色土牆上，全都用墨筆密密麻麻寫上姓名。安西康治安西康治安西康治……有書寫潦草的大字，也有仔細勾勒的楷書，更有凌亂到難以辨識的字體，但全都是男主人的名字。

儘管全身赤裸端坐著，活脫像是遭到懲處的作惡多端之人，但男主人卻仍保有一貫的威儀。這樣的情景反倒令穿著衣服的弘三感到羞愧。

「他是連自己的名字都不知道呢，還是只知道自己的名字呢？」

弘三對著轉身靜靜關上格子門的廣江發問，卻得不到回應。

「既然知道不是霍亂病，那就請回吧。」

弘三當然是打算回報，說安西家主人只是因夏季感冒而臥病在床，但心裡卻不知怎地感到有點不安且不甚服氣，於是不知不覺地嘀咕了起來。安西家在村子裡是數一數二的富豪，沒想到家人之間的感情也挺和睦的。廣江在轉個彎後就不見身影了，暮蟬的鳴聲也戛然停止。

空氣中充滿靜寂氣氛，卻突然傳來一聲女人的嘆息。弘三沒頭沒腦的往前跑，心想：總之就先把安西家的事給忘了吧，而且也必須趕往下一家啦，只要把交付的工作做完，能夠準時回家的話，就能讓自己跟家人永遠都不會改變啦。這點是無庸置疑的呀——。

下一家的老婆婆，長期臥病躺在儲藏室裡。當這家人一把門打開時，冷不防迎面撲來大量蒼蠅，伴隨著一股令人幾乎窒息的死魚腐爛味。這一家子都是教育程度不高的老百姓。儘管嚇得倒退三步，但弘三仍然用袖子掩住口鼻，探了一下裡頭的老婆婆。躺在稻草上的那副軀體，已經腐爛到發黑而腫脹，也正因為這股詭異臭味才會遭到通報。老婆婆吐出發黑膨脹的舌頭，確實是令人發寒的冷笑表情。

「她已經死了吧，而且死很久了吧！」

強忍住嘴裡令人作嘔的酸味，弘三不禁怒斥起那發楞站著的媳婦。那外表邋遢又胸口敞開的媳婦，以一副無可奈何的表情，還邊用力抓著跳蚤的咬痕。

「不是呀，昨天老婆婆還說了話呢，還問我豇豆曬了沒……」

像是意識到會被傳染更可怕的疾病般，弘三飛也似的奔了出去，因為他必須走一趟派出所報案才行。雖說這是自己分內的工作，但他其實很想就這麼逃回家。因為如果回去村公所的話，那只增不減的告密箱肯定在等待著他。

——狂奔在烈陽下，卻被嚇出一身冷汗，讓弘三已精疲力竭。上司們雖然也深表同情，但並不打算協助弘三處理告密箱事宜。不斷用已經濕透的手帕來回擦拭臉部到肩膀，弘三盯著死去的柴田副村長經常坐的椅子。下一位繼任者尚未決定，所以座位還是空著，但那妖豔的女人幻影，至今仍令人懷念。

弘三幾乎是無意識地走到後方，把可能又裝了新紙條的告密箱搬進來，然後進行確認。雖然裡面明明就只是沒什麼重量的紙片，箱子本身卻相當沈重。大概是充滿了怨念所致吧。雖然被嘲笑是份因果報應的工作，弘三卻無法像往常那樣苦笑以對。他無奈地用痠痛手臂伸進箱子取出告密的紙片，這些紙片卻像是不斷地在對他嘲笑。

「道長之女早紀」、「早紀」、「早紀那女人」、「蔓延的原因就是早紀」——

全都是女人的字跡。弘三想像這些大概是被偷走男人的女人吧，這令他頓時感到口乾舌燥，於是他偷偷溜出村公所，心想著：憑著此刻這份異樣的興奮和疲倦的心情，應該可以輕易見到那女人才對。

太陽西斜，但烈陽的強勁卻絲毫沒有減弱的跡象。在草木不生的小路上，弘三仰望著西方的角度。那是森林神祇的方向，原本是自古以來信仰的對象，而今卻已遭廢止。那裡住著一對剛搬到此地、冒充神明的夫婦。弘三以一副前往參拜的信徒表情，走上塵土飛揚的小徑。

那一家就位於大雨時必定決堤的河川下游地區。這裡的地理位置奇差，卻仍零星散布著幾間簡陋的民家，假使颱風一來，肯定會悉數遭到沖毀。當弘三看到那幾近塌毀的稻草屋頂時，便開始後悔，心想早知道就不該來的。那破舊的門口，豎立著不知從哪偷來的鳥居，還安置個粗糙馬虎的狼石像。庭院裡的雜草是清理乾淨了，卻反而顯得荒涼。

弘三停下腳步，耳邊傳來了詭異的念咒聲，彷彿是從地底響起的幽靈咒語。當他意識到雙腳無法動彈時，同時也感覺到一陣女人的氣息。這女人是突然從背後壓上來的，就是還活著時的副村長所被覆蓋的陰影。只是，這片陰影有重量也有溫度。她在弘三已麻痺的耳邊吹氣，飄來一陣即將腐爛的無花果氣味。那份甜美腐臭的來源，還發出了與其氣味相呼應的鹹濕妖豔的聲音。

「要請我爹我娘作法嗎？明明就一點效果也沒有呀！」

弘三小聲尖叫的剎那，方才的咒語就解除了，但卻暫時無法動彈。想不到剛才還與那個女人後背相貼，轉瞬間她卻已站在伸手無法觸及的地方。那誇張而質地粗糙的絹織衣裳，以及放蕩不整的腰帶，隨著微溫的風搖曳生姿。隨意綁起的頭髮凌亂散落，順著汗水黏在額頭及臉頰上。身後響起高高低低的念咒聲。像是被召喚似的，女人用那白淨的喉嚨，爽朗而殘酷的大笑著。

魔幻之女並非幻影，她真的就在這裡。弘三不是在迷宮的另一端，而是突然來到了迷宮的入口。不過，即使聲音興奮而高亢，弘三卻只能像個官吏般詢問。

「妳沒有感染霍亂病吧？」

早紀向後仰，發出尖銳的笑聲。光是這樣，弘三就能預知自己未來將會對這女人唯命是從。見面前明知她是無比可惡的女人，但這面貌實在美得令人難以招架。甚至冒充外地的公主來行騙也綽綽有餘。莫非這女人生來如此美貌，就是為了要騙人的嗎！

「我什麼病也沒有喔！不然我可以讓你確認一下呀。」

內心那異常的興奮，不管怎麼壓抑都不斷的高漲。這讓弘三感到百思不解。這幾年不就是甘於平淡、不期待有任何激動心跳的經驗嗎？但是今天卻接連不斷的踏入奇異的世界，我在畏縮著希望一切都停止的反面，究竟還想追求什麼樣的刺激呢？抑或只是被眼前這女人蠱惑而已呢……

副村長在自己面前被奪走了魂魄。這份恐懼越強，想觸碰早紀的慾望就讓自己更不像自己般的益形激烈。在自己內心，居然僅存著些許冷靜的部分，真是令人感到不可思議。為何會被這種女人所吸引呢？

弘三無意識的向早紀伸出了雙手，早紀卻沒有抗拒，反而輕輕抓住後搖晃。幾乎沒做過莊稼粗活或搓繩手工的手，比起至今曾摸過的女人的手都還要溫柔百倍。看來以行騙維生的工作讓她得以無所耗損。正因為內心累積無數騙取得來的東西，才能更加琢磨出那份淫靡的妖豔吧。

「我真的……該走了。」

早紀轉過身，跑向快被踏爛的走廊上，就像被吸進去般地消失蹤影。詭異的咒語也瞬間停止，只有鳶鳥叫聲迴盪在低矮的山谷間。破舊拉門的彼端漆黑一片，裡面似乎掛著一張帷幕，從這頭可窺視到，黑暗中居然連支蠟燭也沒有。不，或許因為是敞開在陽光下，所以才顯得那裡暗也說不定。突然間，傳來女人尖銳的慘叫聲。但不確定那是不是早紀。

弘三只是呆站在原地，心想著：難道直到剛才為止的一切都只是幻影？但那尖尖的白色虎牙殘影、腐敗果實殘留的香氣、親手摸到的雙手溫柔觸感，都仍清楚留在腦海裡。不久，強勁的西風讓道路捲起一陣沙塵，樹木也傾倒在地，彷彿是有隻無形的野獸，以凌厲的氣勢馳騁在碧綠田野間。那隻野獸離去後，又再度恢復一片死寂，只有從遙遠的天空，傳來一陣隱約的野獸嚎叫聲。

現在正是在裡面接受祈福的信徒們出來的時刻。在這麼小的家中，居然可以容納那麼多的人。但每個人都不是弘三熟識的面孔，大概是近郊的村民吧。而那穿著白色服裝、人模人樣的中年夫婦，應該就是早紀的雙親吧。她父親看起來就像前世就註定這輩子要來行騙的人，儘管五官還算端正，但來世肯定會投胎成畜生之類的缺德面相。母親則是一副精神完全失常的模樣。

「居然被老虎咬成這樣！」

那看似是早紀母親的女人，從腦門爆出拔尖的叫聲，挽起和服的袖子，捲起下襬。裸露兩隻胳臂跟大腿，凸顯出那處莫名緊實的肌肉。雖然印上了清楚的咬痕，但怎麼看都知道是人類的齒痕。儘管如此，卻沒有人敢說「是剛才跳進來的早紀咬的吧」。

「我把虎將軍給趕跑了。放心啦，狼神會保佑你們的。」

弘三強烈懷疑，剛才被趕跑的並不是老虎而是狼。留意到弘三質疑表情的，是早紀的父親，他裝出一副莊重而沈穩的口吻詢問弘三。

「您應該不是巡查大人，而是政府官員吧？」

弘三吞吞吐吐的說了個理由搪塞。儘管他裝神弄鬼的惡名遠播，但若此時被他下怪咒回家，肯定會睡不安穩，他心想著。這時，早紀的眼神正從陰暗的家中飄向這邊。

「啊，四處視察呀。唉呀，人多的地方就容易傳染疾病，請千萬小心身體呀。」

早紀的父親詭異的點了點頭，嘴角浮現像是要把弘三吞下肚的奸笑。她母親則喃喃念著狼神狼神的，胡亂甩著頭髮，露出脖子上的齒痕。只有那些聚集著接受作法的信徒們，安靜的低聲念著剛背起來的咒語。弘三一臉困惑的望向破舊的拉門。突然間，一隻白皙的女人手伸了出來。

那隻手並沒有妖嬈的勾引手勢，而是以細長的食指筆直指向弘三。持續曝曬在太陽底下的弘三，感覺到強烈的疲憊，甚至還產生錯覺，以為白色手臂上長了硬毛，大概是流汗的關係吧。枯黃的裸枝，舞弄著天空。

……當回神過來時，只剩下弘三一人留在現場。早紀一家跟請求作法的村民們都不在了。能夠聽到的，只有濕潤夏草隨風搖曳的聲音、糾纏在寂寞野花間的蜜蜂振翅聲、彷彿在催促什麼似的暮蟬叫聲。原本應是早紀一家所住的地方，已感覺不到任何蹤跡。弘三開始全身發冷。他判斷自己應該要走為上策。那恐懼感仍停留在某處，尚未爬上背脊，如果錯過此刻的話，那自己肯定會發瘋——。

「這實在是難為你了，早點就寢吧。」

弘三對阿富說了今天那些意想不到的事情，不過，針對早紀卻加了點修飾。他說自己只是遠遠的看著早紀而已，而且她是個令人毛骨悚然的女人。往後他不會跟她有所瓜葛，也不想有任何牽扯。

地爐裡的火焰搖晃著，將阿富那扁平的五官勾勒出陰影。她在煮至快融化入味的芋頭鍋裡，加了蕎麥粉均勻攪拌。和子跟美佐子都喜歡這甘甜滋味的什錦粥。吃飽後，弘三馬上翻個身睡著了。安西家主人、被棄置於收納室的老婆婆、那些奇怪的信徒們，全都恍如噩夢，但此刻呈現在他眼前的，卻是個迥別於上述噩夢的平靜情景。

不過，弘三卻跟那個女人牽扯上了。即使在那爪子裡，被注入比霍亂病還猛烈的毒，他也想被搔搔看。弘三跟阿富進了被窩，心裡卻想著早紀。蓋上代替棉被的藏青色厚重棉襖被，今晚果然閉上眼睛後就沈沈睡去。端坐在格子窗另一頭的裸男、在倉庫裡腐臭掉的老婆婆、從黑暗那頭不斷招手的女人，以及，告密箱。構成噩夢的元素無一不缺。躺在一旁的阿富則面無表情，望著被燻黑的低矮天花板——。

為何只有自己被指派呢？如果有人能分工合作該有多好。在辦公室的後頭來回踱步的弘三，不禁苦著一張臉。告密箱的分量與日俱增，周遭的人大概都想像不到弘三心生多少不滿吧。自己究竟是被大家所信賴呢？還是被當作笨蛋耍呢？死掉的飛蟻掉地發生細微聲響，紙片也滿到掉了出來。活著時就是個討厭的男人，但即使是死了，柴田副村長似乎也以令人厭惡的形式支配這個村公所。

霍亂病也侵襲到村公所裡的某個同事一家人。看著那空出來的座位，弘三試著想勾勒出那男人的模樣，卻怎麼也想不起來。因為他從未抬頭好好看那位同事的臉。霍亂病所造成的全國死亡人數，已經超越日清戰爭的戰死人數，各地的例行祭典也大都被迫中止。各村所設置的交通隔離所大增，寺廟及校舍被充當為臨時避難醫院，死者專用的白布也宣告缺貨。阿富則前往各地的喪禮會場幫忙縫製喪服。那個世界，本來就不是個有去有回的地方，而是個有去無回的地方。

裡頭放了將近十張紙條。紙條上面以醜陋的字體寫著奇怪的鄰人或討厭傢伙的名字。早紀的名字這次並沒出現。由此可知，這次所寫的應該全都是真正的感染者才對。黏膩的汗水頓時噴湧而出。弘三不由得出聲說話。

「實在是太多了，有誰可以幫忙呀？」

辦公室內寂靜無聲，沒有人抬頭看弘三，也沒有人答腔。面對這群像泥偶般的同事，弘三感到不寒而慄。他知道即使再次出聲拜託，或是說些笨拙的笑話，都很難緩和這尷尬的氣氛。弘三的指尖微微顫抖著。他想像著，身為唯一的人類卻誤闖進奇妙的異鄉，大概就是這種心情吧。但實際上，弘三知道自己才是這人類世界的闖入者呀。他從不知大家是如何看待他。此刻藉由這份沈默，這問題硬生生的被拿出來擺在眼前……弘三慢吞吞的收拾準備後，走了出去。

自從就職以來，這是弘三第一次擱下工作不管。因為他要去與妖女同伴相會。

「初次見面時，我心裡就想說，終於見到妳了！」

早紀似乎能夠看透一切，不管是弘三在見面前對自己的思慕之情，或是心情消沈但卻無法求助於妻子的煩惱。從狼神石像陰影處輕輕走出來的早紀，今天穿著格紋的藏青棉衣裳，但依舊一副衣衫不整的模樣。或許對這女人而言，衣服並不是用來穿的，而是用來脫的吧。隨意綰起的頭髮上，插著雞血色珠簪。在那血紅色閃過的瞬間，早紀輕巧的轉過身去。

「人家也是。」

就這麼一句話，弘三就認定這女人是屬於自己的了。頸子的香粉上浮著一層汗垢，卻更顯得嬌媚動人。腳指頭夾著的木屐帶也是鮮紅色的，只有指甲是秀麗的珊瑚色。有人居住卻像廢棄屋的家，活像是野獸的體內，潮濕而溫熱，跟早紀的身體一樣。緩緩刮過的風飄著一股石炭酸的味道。無論早紀做何種打扮，總是習慣趁人不備之際從背後將整個身子壓上來。就跟當時副村長背後的陰影一樣。

弘三抱頭煩惱著。實際上見到這女人才僅第二次，但那股願意捨棄工作家人，只求兩人在一起的慾望卻不斷的膨脹。不像跟阿富在一起時，總是客氣拘謹。弘三願意如同那監牢的主人般，關在自得其樂的世界裡。即使只能在牆上不停寫著早紀早紀也好。即使到最後像那被棄置在收納室的老婆婆般膨脹發黑發臭，也無所謂。不，其實他感覺到自己身上的某處似乎已開始腐爛。

「下次要來跟我爹請安喔，可以算你便宜一點。」

光著身子趴在發黏的薄板上，懶洋洋的早紀低聲說著。也就是說，早紀要求從下次開始就得付錢。在一旁坐著不動的弘三，迎著從荒蕪庭院吹來的風。眼前飛過兩隻緊緊相繫的蜻蜓，那雄雌當中哪一隻的心情會比較好呢？弘三自顧自的嘟囔著。

將其他投書全都撕毀並丟到河裡後，弘三回到了辦公室。他向同僚們報告的今日行程其實全都是捏造不實，而大家也都曖昧的點了點頭。泥偶們在夕陽中，逐漸融掉了輪廓。

自從那次以後，告密箱裡的紙片全都被捏碎處理。弘三假裝外出視察，卻是前往早紀的住處。感染霍亂病的人死了就算了。弘三漫不經心的走著，與早紀的雙親擦肩而過。那帶著假狼神像在充滿石炭酸味道的家中來回走動的夫婦，看似假冒卻又非常相稱。早紀的母親毫不在意的捲起衣襬，僅有那白淨大腿與女兒極像。而儘管夫妻倆都是一身簡陋灰暗無花樣的穿著加上磨破的草鞋，但不知為何卻讓人感覺是五彩繽紛的模樣。弘三以為那母親嘴裡念著的是咒語，原來是唱著安眠曲。與弘三錯身時，那對夫妻一句話都沒說。他們正往兩人所期盼的黃泉路前進——。

「白天為了你空下來了唷。」

早紀的家門前，總是吹著非常強勁的風。倒塌的土牆內，似乎有人在訕笑著。還有對偷窺的眼睛。鳥兒鳴唱著弘三的流言——從告密箱中取出丟棄的紙片，全都化成花瓣漂流在前面那條河上了，而早紀則是一片溫香暖玉。

「妳是不是也跟柴田副村長好過？」

聽到這句話之後，早紀的瞳孔瞬間縮小了。那如同玻璃珠般的眼眸裡，倒映著因說錯話而膽怯的弘三。面對一時口快失言的弘三，早紀用那紅色小嘴噗嗤笑著說：

「他滿嘴甜言蜜語的說要納我為妾，但一不順他的意，就動手動腳的。可憐的是我呀，經常被打得滿身瘀青，而且他還小氣得不得了。」

跟早紀有過肉體關係後，弘三便去向早紀雙親祈拜奉錢。她父親裝模作樣的登堂作法，而她母親那似乎反而會召喚惡靈的咒語，也在山谷間流動著。弘三總是獻上比作法費用還多的金額。那些錢會變成紙門、會變成米，還會變成早紀的衣裳。由於弘三的薪水一向交由阿富掌管，因此弘三這陣子經常支出的事，阿富當然都知情。弘三是以要提高和氣銀行的存款為藉口。日清戰爭後陸續成立了不少銀行，能夠將錢存進銀行是手頭寬裕的象徵，但弘三卻為了早紀，將那所剩無幾的存款全都領了出來。

阿富默默的多接了幾份手工。弘三明知老婆非常賢慧，卻在認識早紀後，開始對這女人感到不耐，甚至心懷憎恨。早紀才好呢！弘三有時會有股衝動，想要對著那低頭在地爐邊專心縫補衣服的側臉，罵出這句話。不過阿富卻完全沒有反抗的態度或不滿的眼神。她以為弘三是為了告密箱的事情而心情不好，因此她獨自忍耐著。有時弘三因為某些瑣事細故而舉起拳頭時，阿富也會跟那兩個在床邊撒嬌黏人的女兒做解釋。

「妳爹是因為工作太辛苦、太疲勞了啦！」

儘管覺得痛心內疚，但從床上看著正在編草鞋的阿富，弘三心裡想的卻是早紀。人家想住好一點的房子嘛！早紀這麼對弘三撒嬌。當然，她一定也跟其他許多男人賣弄過風騷。弘三心想：副村長雖然死了，但如果出現了個有錢男人也喜歡早紀的話，那一切都會結束，自己也會被拋在一旁吧。那黑影並沒有纏住自己，原來早紀對自己並沒有那麼強烈的依戀呀，反而是我更加貪戀了。

蹲在地爐火苗旁的阿富，從某個角度看來，很像鬼故事裡的鬼婆婆。阿富與早紀不同，絕對不會背叛自己，也不可能打壞主意。弘三翻了個身，看到和子跟美佐子的天真睡臉，枕頭邊還放著扇子。行走販售的商人所給的扇子，讓女兒們愛不釋手。描繪著夏天的紅花圖樣，下方則寫著兩人的名字。儘管阿富只會寫平假名，但卻是充滿了樸實母愛的字。看到那扇子上的字跟女兒的睡臉，弘三不禁動搖了信心。

「……生下鬼的孩子，生下蛇的孩子，生下長角的孩子……」

以為阿富嘴裡念的是咒語，讓弘三瞬間全身戰慄。阿富唱的是古老的安眠曲。雨窗的破裂處，看得到漆黑的夜空。鬼的孩子、蛇的孩子、長角的孩子，或許真的在這村子裡的某戶人家誕生也說不定。而產下怪胎的則是遭到村人排擠的女人。

——一度隨著這首歌深深入睡的弘三，深夜裡突然醒過來。女兒們的酣睡聲此起彼落，睡得非常香甜。不過，卻沒看到阿富。

弘三於是起身四處張望，卻不見她在土房內，也不見她在地爐前。應該是去外面的廁所了吧！儘管弘三這麼自我解釋著，卻遲遲不見阿富回來。地爐裡的悶火露出細微火星，不安的騷動著。沒想到她會因這點吵架而動了氣。自幼失去雙親的阿富，已經沒有可稱為娘家的家了。然而，周遭卻仍是一片刺耳的寂靜，似乎連月亮缺一塊的聲音都聽得見。突然間，開門聲響起，門並不是被風吹開，而是阿富躡手躡腳的走進來了。理應詢問她去哪兒了，但弘三卻假裝睡著的縮在一起。阿富悄悄走到他身旁，然後脫下衣服。這村子裡的人大都半裸睡覺，連去外面上廁所也一樣。弘三心想：阿富是刻意披上外衣去的嗎？該不會是去哪兒跟男人密會吧？但話說回來，她又不是早紀……

帶著寒意的夜氣襲來，弘三感覺身旁似乎躺著一個素昧平生的女人。他刻意不去想已故祖母曾經說過的鬼故事，卻又不自覺的回想。已故祖母在他耳邊細語著：

「你老婆啊，悄悄的爬下床，跑到郊外的墳場去了。挖掘那裡剛下葬的墳墓，吃死人的肉，啃死人的骨頭呀……」

因霍亂病而死的人數激增，而村子墳場內的新墓也不斷增加。下葬後不久，因為棺木腐爛所致，土饅頭便會嚴重下陷，在來往村公所的路上也時常看到。儘管再裝土填平，但從棺木露出來的死者，因許久未見天日，腐爛的速度反而更加快速。弘三從靜吾郎的墓旁經過時，就是這種感覺。總覺得一點也不想看到的東西似乎就近在眼前。

沒聽到阿富的沈睡呼吸聲，而且她一動也不動。弘三就連把眼睛微微張開都不敢。為什麼連一句「妳去哪兒了？」都不敢開口問呢，說不定答案只是「因為擔心田裡的水呀」這類無聊的理由啊。因為去吃死人肉這種事情是不可能發生的。

躺在旁邊的說不定是早紀，弘三又開始出現這種無聊的幻想了，於是他毅然決然的閉上眼睛。這次在唱歌的並不是阿富，而是他已故的祖母。

「……生下鬼的孩子，生下蛇的孩子，生下長角的孩子……」

究竟是在向誰威脅要生下如此可怕的孩子呢？關於這個部分似乎是模糊沒定論。不知是那愛哭的孩子？還是沒有用的媳婦？抑或是欺騙男人的女人……呢？

隔天早上，阿富看來毫無異狀。這一帶住家的早飯，大都是在昨晚的剩飯上倒點熱茶和著吃，但阿富卻很用心的熬了什錦粥。邊喝著在碎麥裡加了菜葉的熱騰騰粥湯，弘三恍惚的聽著嘈雜的暮蟬叫聲。如果每一家媳婦都來跟阿富學習的話，那霍亂病應該就不會蔓延了吧。不過話說回來，他用筷子挾了口菜葉，又想著：阿富還真是個平凡的女人呀，相對之下，像早紀那種女人才真是打著燈籠都找不著——。

村公所四周被暮蟬聚集的樹木所包圍，但烈日仍透過樹影間隙炙人。位於下方的告密箱也因陽光照射而變燙。因為重症患者大都立即死亡或是迅速遭到隔離，因此箱內的紙張也大幅減少，今天僅有區區兩張。其中一張是已被送入避難醫院的老人名字。在打開另一張時，弘三突然感到一陣非刺眼陽光所導致的暈眩。

「務必把早紀抓起來，因為她是霍亂病蔓延的根源。」

務必把早紀抓起來，因為她是霍亂病蔓延的根源。吹在弘三脖子上的冷風，來自和子跟美佐子的扇子。緊閉的雙眼上，散落著紅色花瓣。

弘三又仔細看了那字體，果然是出自於在扇子上寫著平假名的人之手。不，有些人寫的字本來就很像啊。弘三決定這麼解釋。可是，阿富昨夜的確套上衣服外出了。她憑藉著月光，一聲不響的走到村公所，清清楚楚的寫下來。對弘三而言，這樣的阿富簡直跟挖新墓的鬼新娘沒兩樣。

她是什麼時候知道我跟早紀的事情的呢？弘三緊握著紙片喃喃自語著。突然間，他想起了阿富怒罵靜吾郎老婆的側臉。儘管裝著一副若無其事，但阿富其實已經看穿弘三對這女人有非分之想了吧。不過，最可怕的莫過於弘三此刻握在手中的這張紙片。因為它說出了那逐漸變身成厲鬼的女人的真面目。

從烈日當空的戶外走進室內，眼前暫時一片黑暗。柴田副村長正坐在裡面的桌邊也純粹只是幻覺。如扇子圖案的紅色花朵，在破裂的空洞中盛開著……這時，弘三的視界不再黑暗模糊，副村長的幻影也消失不見，但一切就僅只於這樣。因為弘三的世界再也回不來了，他身邊的可怕女人已經增加為兩人——。

表面上，阿富一點也沒變。儘管霍亂病即將進入尾聲，但大家仍不敢掉以輕心。阿富依舊每天端出燉煮的食物，並將衣服用熱水洗過風乾再以熨斗燙過，還默默的前去大伯家幫忙割草，而擅長的手工也日益增量。這是因為弘三多了許多不必要的支出所致，但阿富卻毫無怨言，也未曾逼迫弘三拿出和氣銀行的契約書來。

果然，只是個字跡很像阿富的告密者而已。弘三終於漸漸釋懷，心想：那天夜裡，她應該是因為在意田裡的水量才出門的吧。以前，弘三相信只要自己不引起任何事情，那麼這個家就永遠不會有所改變。而即使是自己已經惹出事端的現在，他也相信只要事情不被揭穿，就肯定不會起風波才對。

他此刻最重視的就是早紀。但問題是她的態度明顯冷淡了許多。以往都會對弘三撒嬌說白天都給你了之類的話，但最近卻總是不見人影。因為上頭下令告密箱即將撤掉，如此一來，弘三就沒有理由再外出溜達，也沒有勇氣趁著夜裡去偷腥。一來他怕會被阿富察覺，二來害怕在私會時遇到其他男人而引起騷動，進而被村公所給解雇。

事實上，早紀開始纏上了最新的明星產業，也就是防火磚瓦工廠的經營者。她爹娘也很高興。靠著招搖撞騙作法日入斗金，不但不需要再流浪，說不定還能靠女兒賺進岡山市內一戶豪宅。要早紀放棄這些而選擇貧窮的村公所男人，根本就是不可能。

儘管對早紀仍然念念不忘，但弘三還不至於失了分寸要捨棄官職、家人及雙親。好在早紀對弘三毫不眷戀，也沒變成妖孽繼續糾纏。因此弘三索性祈求上天，希望早紀感染霍亂病而死。

在那之後，弘三就沒再看過以笨拙筆跡寫下平假名的「早紀」字條了，告密者應該是知道弘三已經被早紀拋棄了吧。心情煩躁的弘三，在辦公室裡雖然認真服從，但在家裡卻會因細故對阿富動粗。阿富只是縮成一團的忍耐著，獨自低聲啜泣，但和子跟美佐子都因害怕而越來越不敢靠近弘三了。

——那一夜，是彷彿以墨水塗黑般的深沈夜晚，半夢半醒間被打更聲驚醒的弘三，聽到外面騷動時，以為是自己睡迷糊了，但在充滿不安感的黑暗中，和子沈睡著，美佐子卻起身要人哄。

「娘不在！」

弘三飛跳起來。跟不久前的晚上一樣，阿富不見了。他忍不住緊緊的抱著和子。此時，通報火災的打更聲清楚傳來。抱著像個小動物般發抖的和子，弘三也全身顫抖。令他感到害怕的並不是打更聲，而是另一種預感。

突然間，門被打開了，白色月光照了進來。是個女人。剎那之間以為看到了早紀，但那上氣不接下氣的卻是阿富。那身上果然穿著外出服。娘！和子從弘三的手中掙脫，跑向阿富那邊，美佐子也清醒過來，緊黏了過去。

「……妳去哪兒了？」

弘三今晚終於用壓抑的聲音問了。忽遠忽近傳來大批群眾的喘息聲，還有狼群的嚎叫，甚至迴盪著在這個國家應該不存在的老虎咆哮。黑鳥拍打著羽毛，雞群也在深夜裡啼叫報時。從敞開的大門看出去，儼然是個小地獄。山的那頭正燒得火紅。

「我聽到人家喊，失火了，就急忙跑出去看。」

之後仔細回想，如果從床上飛奔出去的話，應該不可能會穿著外出服呀，而且應該會先搖醒一旁的丈夫，或是趕緊抱起孩子才對啊，弘三心裡的疑惑不斷湧出。不過，他還是湊身靠向眼前的妻子。弘三其實已經猜出，在那燒紅的天空底下是誰的家。

此時，有人激動的敲著門。是隔壁家的男主人。

「快出來幫忙滅火呀！」

將水桶裝在扁擔上，把孩子託給阿富後，弘三就狂奔出去了。

「是那個狐狸精的家呀！」

鄰居男主人一臉嫌惡的表情。弘三這才明白，原來不是每個男人都會對那女人著迷，原來也有人是這麼的討厭那女人。弘三彷彿還在夢境裡，比起早紀死亡的預感，似乎有個黑壓壓的東西在背後壓迫著。黑暗中也有明亮濃淡，以明亮的順序排列，依序為天空、住家、山脈、道路，最亮的則是人。儘管舉著火把，還提著提燈，卻仍出現了不祥的人影……而且那人影也會出現在弘三家。

地獄的起點大概就像這條路吧。大地寬廣平坦，完全沒有遮蔽物，卻看不透未來。一砍掉就會作怪的森林到處都是，青色的磷火是野獸的眼睛，還是妖魔鬼怪呢？抵達目的地後，眼前只剩下焦黑一片的住家殘骸。

這裡大概聚集了村裡半數的男人吧。儘管大火已經熄滅，但餘火仍冒著不祥的紅煙。為了汲水掛在肩頭來救火，大家都像是剛從河裡上岸般全身濕透。儘管巡查大人也來了，但因為現場一片混亂狼藉，一時也想不來這個人自己是否認識。

「弘三，你不是夜盲症嗎？還敢走夜路呀？」

背後站著個高大的男人，以靜吾郎的聲音跟弘三說話。空氣裡瀰漫著一股霍亂病患者才有的甜膩腥臭味。弘三不禁開始耳鳴，滿臉通紅，但脖子以下卻像進入冰室般冰冷。正當寒氣快衝到心臟時，身體卻又急速恢復到常溫。站在他身後的是個子矮小的巡查大人。

「全都死啦，警察要來調查屍首啦。」

巡查大人拿著長竿子翻弄倒塌的木材，發現下方的確有人類死屍。異樣的臭氣撲鼻而來。影子僵硬的翻倒在地。縮成一團的焦屍似乎在懇求什麼似的伸長了手。儘管尚未確定性別，但弘三直覺應該是早紀。因為那虎牙閃閃發亮著。弘三的頭皮發麻，完全沒有湧出濃烈的情感。

鳥居也被燒個精光，只剩下被燻黑且破成兩半的狼石像。弘三試著回想與早紀在這裡共度的時光，卻怎麼也想不起來。他甚至覺得，自己該不會是打從一開始就跟這個黑炭般的焦屍在交往吧。

巡查大人抓了幾個村人問話，並記錄在記事本上。

「因為太黑了，看不太清楚，但有個女的跑了過去，確實是往那個方向跑……然後就發生火災了……我也不太清楚啦。」

全身無法動彈。帶著濃密白煙的火苗從弘三腳邊竄出，從燒焦的下半身延燒到全身。阿富急奔在漆黑小路中的景象，鮮明得嚇人。背景還蒙上了一層早紀的笑聲。此時，有個人不知不覺的靠了過來。因為太自然了，弘三下意識的點頭致意。身穿西裝卻著草鞋的柴田副村長，用那精神抖擻的破嗓子說：

「你這笨蛋！她並不是會就此認輸的女人啊，那女人會糾纏到底的，不管活著或死後都是呀！」

本想回答卻又立刻清醒過來。弘三心想，副村長不是已經死了嗎？然後便嚇得牙齒直打顫。不知是否因為巡查大人暗示大家快點回去，只見那黑影逐漸遠離。

——究竟是如何走上回家之路的呢？弘三一點也不記得了。打開門後，只套了件布裙的阿富走了出來。她似乎已經睡了一陣子，孩子們也正酣睡著。

「很累了吧，是哪一家失火呢？」

上半身赤裸著的阿富，微微慘白，與那焦黑的女人不同。但這身蒼白卻令弘三更加驚駭。這裡真的是安心舒適的家嗎？這裡真的是永遠不變還屬於自己的嗎？這女人是我所瞭解的那個她嗎？……她是想聽我親口說出早紀的名字跟死訊嗎？弘三思索著。

「是遊民那家子。唉呀，累死人了，我要睡了。」

結果那晚什麼也沒發生。儘管精神亢奮，但大概是精疲力竭吧，弘三不知不覺就睡著了。整晚沒有做噩夢。因為在現實世界裡已經看太多了。

隔天清晨，阿富所準備的早飯，是很罕見的冷飯。

「天氣這麼熱，剛煮好滾燙的東西很難入口吧。」

端出醬瓜小碟子時，阿富淺淺的笑著。不過，女兒們卻是吃著玉米稀飯，阿富則喝著剩餘的部分。弘三偷瞄了一眼阿富的側臉，卻看不到心神不寧或心情鬱悶的神色。昨天的火災難道是一場夢嗎？行動可疑的阿富、令人不安的傳言，難道跟幽靈一樣都是幻影嗎？

在村公所裡也一樣，大家熱烈討論著昨晚的火災。巡查大人也來問過話了。弘三盡可能遠離這個話題，因為他根本沒有餘裕去為了早紀的死而感到難過或惋惜。他一心一意只想逃。未免太自然出現在身後的靜吾郎跟副村長，真的是疲勞所產生的幻影嗎？弘三忍不住想把昨晚見到副村長的事情說出來。

「你這笨蛋！她並不是會就此認輸的女人啊，那女人會糾纏到底的，不管活著或死後都是呀！」

耳邊響起令人懷念的大嗓門，弘三彈跳似的站起身來，從後門走了出去。倘若巡查大人前來盤查關於我老婆的事情，那該怎麼辦呢？在燦爛陽光的照射下，告密箱被曬得發燙。一切都是從這裡開始的。在弘三刻意的搖晃下，告密箱發出了細微的聲響。是善意還是惡意呢？是真實還是謊言呢？是善行還是惡行呢？阿富……是好老婆嗎？弘三感到好疑惑。

一直抱著告密箱呆站著也不是辦法，弘三於是慢慢走回辦公室。巡查大人還在，但並沒有特別向弘三問話。將箱子放在平穩的桌上，弘三習慣性的打開鎖頭，中途卻聽到了可怕的哀叫聲。但其實，這聲音是從他自己喉嚨所發出來的。大家都被嚇了一跳，看著弘三想知道怎麼回事。幾乎快衝破極限的心臟跳得好快，弘三的舌頭不聽使喚，但仍拚命的解釋著。

「不……那個……因為裡面有一隻蜈蚣，我最討厭這種東西了。」

巡查大人跟大夥兒都露出苦笑，弘三心想算是暫時唬弄過去了，但還是無法將真正的事實說出口。因為當他打開箱子時，竟突然冒出火焰，還飄出燃燒屍體的氣味——。

裡面僅躺著一張紙片，上面寫著已經被隔離且在前幾天死亡的小孩名字。將那張紙片取出後，弘三闔上蓋子，並加以嚴密上鎖。他的指尖微微發冷。我再也不想打開這個東西了——弘三堅決的這麼想。

去村公所，就要開告密箱；回到家，會見到阿富；遠離村子，則是焦黑的廢屋。儘管升遷無望，做的也只是一些單調的雜事，但那畢竟是受到村民尊敬的職場。而那個家也曾經是有著賢淑妻子全心奉獻的和樂家庭。至於那個廢屋更曾經是有個妖嬈美麗、令人心動不已的女人等待著自己的郊外密會場地。如今，那些地方為什麼都成了可怕的場所呢？

在縣內發送的《山陽新報》也刊登出「目擊詭異女子匆匆離去」的新聞。不過，由於坊間出現許多關於死亡這家人的流言謠傳，再加上怨恨早紀的男女為數眾多，因此讓警方的搜查陷入了困境。「燒焦美人殺人事件」更是連日大報特報，有許多名與早紀有關係的男人被爆出真名，就連包含柴田副村長在內的早紀昔日情夫姓名也全都被披露，但卻沒有記者來訪問弘三。大概因為他只是個無名小卒，有登沒登都沒差別吧。

沒有半個人懷疑阿富，因為她是個讓人沒有半句怨言的賢慧女子。被送到縣立醫院解剖的早紀一家，身上沒有明顯的傷痕或勒痕，判定是因失火而死。

告密箱和阿富就這樣無聲無息地壓迫著弘三。儘管對於開箱是抗拒到極點，但弘三卻壓抑不住心底那想打開的念頭。每當他因其他要事而走到裡頭時，四周明明空無一人，卻像是有人在低聲說著悄悄話。但環顧周遭，只有蟬鳴及沙沙作響的樹枝摩擦聲而已。一靠近告密箱，弘三就快喘不過氣來了，因為說話聲是從裡面傳出來的。原來是紙片跟紙片在熱絡爭吵。

「你居然去告密呀！」「你才陰險狡詐呢！」……

弘三搖了搖頭，告訴自己這是錯覺。打開箱子，裡面也只有無法言語的碎紙片而已……

正當弘三好不容易才鬆了口氣，那擺放在弘三桌子上的紙片居然肆無忌憚的說起話來。

「果然是那女人放的火呀！」

弘三被嚇得彈起尖叫，再度成為大家注目的焦點。正因為平時在辦公室裡幾乎被視為空氣般無足輕重，因此反而更加引人注意。其實辦公室裡的同事已經留意到弘三最近變得有點奇怪，卻仍對此視若無睹，且遲遲未把箱子撤走罷了。而確認告密箱的工作也依舊由弘三負責。因為弘三就像牆壁上的八角形時鐘或天花板上的吊燈，不過是辦公室裡的備用品罷了。

儘管如此，弘三仍然每天進行告密箱的開啟作業，怪事也連日發生。但或許是習慣或麻痺了吧，弘三已經不再驚嚇尖叫了。就連聽到老虎或野狼的咆哮聲，他也只是冷靜的環視四周，且納悶大家為何都沒聽到罷了。而當箱子裡裝滿了早紀的臉時，他也只是苦笑著，希望自己看到的不是張苦瓜臉，而是燦爛笑臉。

眼窩凹陷而臉頰消瘦，被稱為霍亂病病容。弘三雖沒被感染，卻越來越像那副模樣。清爽的食物比較好入喉吧，阿富笑容滿面的端出冷飯給他，自己跟孩子則喝著熱呼呼的什錦粥。就連這冷飯，弘三也越來越難以下嚥了。

——霍亂病終於走向尾聲，但是直到最後這幾天，附近鄰居卻全家受到感染。不過，由於大家都已明瞭避難醫院並非可怕的地方，因此那家人心甘情願的被帶到避難醫院去治療了。他們的住家立即被灑上大量消毒藥水，味道也隨著風向吹到了弘三家中。隨後不久，告密箱也宣布撤除。

告密箱被收在村公所側邊的收納室裡，等到下次霍亂病蔓延時再使用。儘管手邊正在整理收拾，弘三卻有鬆了口氣或得到解脫的感覺。他想著：下次大概也是由我負責開啟吧。話說回來，如果自己到那時候還沒死，也沒受到感染，更沒遭到解雇，甚至還被交付這份開箱的重責大任的話，不也是件幸福的事嗎？

早紀家的火災，已被謠傳成「算命師一家人因受感染而苦，進而集體自殺」的傳言。儘管警察仍持續搜查，卻完全沒有牽連到弘三及阿富。不過，當弘三在路邊遇到認識的巡查大人，聊點無謂瑣事時，卻突然發現附近的樹蔭下，站著一臉可怕表情的阿富。當時的阿富確實是在窺視這邊。弘三立即裝作不知情而離開現場，但內心的激動與害怕卻持續了一整晚。阿富一定也知道弘三懷疑是自己放的火吧。

然而，弘三從那次之後就開始麻痺自己了。他既沒被早紀的冤魂纏住，也沒被阿富在夜裡暗算掉，更沒感染到霍亂病。仔細想想，他現在應該已經回復到告密箱尚未出現的生活了。但儘管如此，他卻改變了非常多——。

那天，弘三被派去迎接從岡山市公所調來的新副村長。這次的副村長是像隻牛般的成熟男人。他不會下奇怪的命令，也沒穿不合適的西裝，沒有到處跟女人亂來的醜聞，更不可能有設置告密箱這種怪點子。

走在馬路上的弘三，想從懷裡拿出手帕而停下了腳步。他擦著汗，無意間瞄到堤防下方，定睛一看，看到了一個很像阿富的女人。那衣服上的圖案很面熟。果然是阿富。弘三想出聲呼喚，卻嚇了一大跳。因為阿富正站在河中央，而那條河前的住家，就是前些日子才全家遭到隔離的人家。

在那大量流放著石炭酸的河裡，阿富正撩起裙子抓魚。那張臉毫無表情，淡淡的將捕到的魚兒放進籠子裡。這地方的魚吃了很危險呀……弘三喃喃自語著，卻突然湧出一陣寒意。阿富來到病患家門前的河流裡捕魚，是為了給誰吃的呢？

恬靜的潺潺流水聲，讓弘三的耳朵深處都麻痺了。回到家後，阿富一定會把那些魚端到弘三面前。她打算若無其事的，讓丈夫吃下飽含霍亂病菌的魚。堤防上恣意綻放的黃色小花，鮮豔的刺痛了弘三的眼睛。

在那烈日高照的平坦大路中央，弘三呆立不動。原來今天回去的家也是個告密箱，匿名寫下厭惡、不安、怨念、憎恨、恐怖……被密封在上鎖箱內的陰暗地方。告密者一臉毫不知情，卻還能向告密的對象說著貼心話語，甚至嘴裡說著好吃，卻是溫柔的要讓對方吃下毒藥。

弘三的影子從腳尖向外拉長，旁邊則多了個影子。美麗妖豔的女人影子，覆蓋在弘三的影子上，爽朗的笑著。配合那笑聲，河裡的女人也微微的笑了。

海礁

是嗎，小錦也沒聽過「海礁」這故事呀？好吧，小錦長大以後，也要出海捕魚，可不能不知道呀。

礁，是指海水退潮時，才會露出臉來的淺灘跟岩礁，海水漲潮時會被隱藏起來，你爹的船應該也曾通過那附近吧。沒錯，就是海水退去後，會露出漆黑洞窟的那地方。像我們這種待在海上的時間比待在陸地上還多的人，對那種地方是避之唯恐不及呀。

聽說這島上死於非命的人，靈魂會停留在那裡。不過，並沒有人會前往祭拜。因為你瞧，漲潮後那地方就沈到海裡去啦。即使奉上供品，也會全數被沖走，拜了也沒有用啊。

那恐怖的東西，爺爺我看過好幾次哪。不行，這故事下次再講，等小錦長大一點，爺爺我再說給你聽。

你最想知道的，應該是為什麼那地方會被稱為「海礁」吧？礁是指在這面對瀨戶內海的村莊及小島上，四處散布著隨處可見的，大都是無名的岩山及沙灘。只有在長濱村及竹內島間的礁岩才有取名。對，就是「海礁」。

爺爺我從小就聽說它叫這名字。好像是從享保年間開始，這是我爺爺告訴我的。而關於「海」這個字，則有兩個傳說。我從爺爺那兒聽來的，是其中關於「海女」的故事。

沒錯，「海女」指的就是潛入海裡撈取魚蝦貝類的女人。但是在爺爺我出生時，這裡就已經沒有海女了。小錦你娘所做的工作大概僅止於剖魚撒鹽，或是挑著魚貝去兜售吧。要不然也頂多只是到海邊抓些蝦蛄或螃蟹而已吧。這一帶的海灘較為平淺，淺灘裡頂多只能抓到些蛤蜊。但是如果游出海面又深不見底，不論再怎麼熟悉海性的女人都會溺死。

不過，以前這一帶的女人也曾潛過海喔。在那些海女當中，有個女人對她家老爺可說是情深意重……情深意重？這種事情等小錦你再長大點，就會知道了。唔嗯，不過，女人用情太深，有好處也有壞處就是了。

這女人的丈夫是個很有本事的漁夫，但個性太衝動，是個經常把菜刀藏在懷裡的傢伙。嘴上說帶把菜刀是為了方便剖魚，但其實應該是想用來威脅同伴吧。話說某天夜裡，那男人的船在海上遇到了暴風雨，船身被波浪整個打翻了過來，就在此時，男人的菜刀突然彈出來，掉到海裡去了。

小錦，你也是漁夫的孩子，一定要切記，水神最討厭鐵了。鐵器若是掉落海裡的話，即使賠上自己的性命，也要把它撿回來才行哪。不這麼做的話，將會招致可怕的後果。因為，那可是會讓你捕不到魚，甚至無法出海去的呀。

沒錯，那男人也留意到菜刀落海了，無奈暴風雨的威力實在太驚人，光是要把船翻正過來，就快去掉半條命了，根本沒有閒工夫去把菜刀撿回來。其他漁夫此時也無暇理會菜刀的事情，一心想著先度過這段暴風雨再說。後來，他們總算平安無事回到岸邊，而那令水神厭惡的鐵菜刀就這麼沈入海底了。

但是就在暴風雨過後，不祥的烏雲侵襲整個村子。海面時而驚濤駭浪，村民也經常空手而歸。不管再怎麼努力撒網，都幾乎捕不到魚。而且即使到了漲潮時間，那片礁岩也依然突出在水面上。從那漆黑的洞穴裡，飄來令人作嘔的鐵鏽味。海灘上都是腐臭的昆布和貝類，因此儘管慶祝豐收的秋季祭典即將到來，村裡的家家戶戶卻都無力張羅。

男人的心裡非常害怕，他明白一定是自己那時不小心讓菜刀掉落海裡，以致引起水神的憤怒。不過事到如今，他也無計可施。因為他根本不清楚菜刀究竟掉在哪一帶。更何況，即使對游泳或潛水再怎麼有自信，也不可能在那片茫茫大海中，尋獲那把掉落的小小菜刀。

但是，水神的懲罰不僅止於這樣。那男人居然變得站不起身來，只能像個嬰兒般在地上爬行。捕不到魚已經夠慘的了，現在連身體都出狀況，根本就沒戲唱了。更加雪上加霜的是，「那男人是因為讓菜刀掉進海裡才惹惱神明」的傳言，在整個村子裡傳開了。到最後，村民們紛紛攜刀持棍，蜂擁至他家門前理論。

出來應對的，是那男人的老婆。她是個性情剛毅的女人，忍不住對著激動發狂的村民們怒吼道：「我一定會把菜刀找回來的」。她丈夫當時早已成了個窩囊廢。於是，飢餓難耐且氣憤難平的村民們，便要那女人當犧牲品出海去獻給水神。女人也果真獨自划船迎向海面，縱身潛進海底。

……就那樣，那女人從此再也沒浮上來過。不過，聽說倒是有把生鏽的菜刀漂流到岩礁附近。至於那把菜刀後來怎麼樣了，就連我爺爺的爺爺也不知道。說不定它現在還插在洞穴裡頭呢！

總之，暴風雨因此瞬間止歇。村裡的漁獲量也恢復往日水準，甚至偶爾還會有意想不到的大豐收。我並不清楚那漁夫後來變成怎樣，應該是苟延殘喘的活著吧。唯一可以確定的是，他並沒有好好的祭拜老婆。這話怎麼說呢，因為至今仍然聽得見從那片礁石上傳來的女子哭泣聲。

真是可憐呀，從享保時代到現在的明治盛世，眼淚都未曾乾過呀……怎麼了，小錦？不敢一個人去上廁所呀？這點小事就怕成這樣的話，是無法出海捕魚的喲。哈哈哈。這樣你懂了吧，那一帶被稱為「海礁」的原因。什麼？你還想聽另一個「海礁」的故事？那個下次再講吧。你該睡了。

小錦，你聽好喔。女人哪，無論男人多麼窩囊沒出息，一旦愛上了，就會深深愛戀到無法自拔。為了心愛的男人，女人什麼都肯做，即使是犧牲性命也在所不惜，縱使在死後仍然會思念到哭泣不休，很可愛吧。

什麼？你說奶奶呀？奶奶一生下小錦你爹就死了，也沒有像海礁故事裡的海女那樣因為思念我而哭泣，哈哈哈。不過，她應該已經成仙了吧。只要看看幫她做頭七時放在玄關的那只灰盆，就知道啦。如果裡面有鳥的足跡，就代表死者已經成仙了。如果是貓或狗的足跡，就是在陰間迷路了。你奶奶的灰盆裡，可愛的雀鳥足跡清晰可見呀。所以爺爺我如果死了，小錦也要幫我準備一個灰盆喔。

好吧，我帶你去上廁所，然後就該上床睡覺嘍。嗯？你擔心一走到外面，就會聽見從海礁傳來的女人哭聲？不會啦，因為海礁已經沈到海裡啦——。

位於瀨戶內海的這座小島上，只有那片海閃耀著光芒。為了避免屋頂被吹飛所堆放的沈重石塊，壓得每一戶人家都嚴重傾斜，居住在那低矮屋簷下的黝黑漁夫們，從出生到死亡都在攙了海砂的強風吹打下而日漸衰老。

裕美被這樣的景致排除在外，也無法融入這裡的人群，她是個如死魚般的沈默女子。這並不是因為裕美水性楊花或是得了花柳病，而是因為她並非土生土長的漁村姑娘，純粹只是因為這個緣故。

不管站著面向哪邊，都有股腥臭味撲鼻而來。這味道究竟是來自飽含鹽分的海風，還是死魚所散發出來的呢？裕美湊鼻子聞著髒掉的領子，不由得皺起眉頭。最臭的不就是自己嗎？明明不是魚類，卻帶著腥臭味；不被人群所接納，卻偏偏對人眷戀不已。

來到這村子後，儘管已被曬得全身黝黑，但裕美還是無法習慣那炙熱的陽光，以及像要把腳底烤焦的沙子觸感。來到這裡後脫了好幾次皮的臉頰微微抽痛著，眉間也刻畫出與年紀不符的皺紋。跟農村的女人比起來，漁村的女人顯然老得更快。

全身承受著酷熱的暑意，最痛的莫過於肩膀了。儘管被太陽曬得隱隱作痛，裕美還是茫然看著大海。被染成金黃色的海面是如此美麗，剎那間，她不禁憎恨起看得出神的自己。因為若真要論金黃色的話，髮簪與和服腰帶絕對都比海上餘暉好看多了。

在午夜華燈映照下的髮簪光輝，已成了遙遠的回憶。在竹內島的對面，有個長濱村，緊鄰著岡山市。那個村子離這裡雖不甚遠，卻已成了裕美再也無法探訪的地方。她甚至無法相信，自己一年前還住在那裡。

想當年，白皙的肌膚一直讓裕美引以為傲，撲上白粉後，再套上華麗卻非高級質料的和服，連腰帶也會用心搭配。如今，裕美雖不至於像其他當地女人那樣裸露臂膀，但也必須撩起裙子赤腳走在沙灘上。回顧以往，她經常因為頭髮比臉蛋贏得更多讚美而感到不服氣，如今那光澤耀眼的黑髮早被烈日海風烤成了紅褐色。不管如何強調自己是都市出身，但光就外表而言，她活脫就是個道地的漁夫妻子。

尚未看到船隻蹤影。裕美雖不相信這世上有水神，卻暗自對著水神祈禱，希望船隻在世界末日前都不要返航。因為錦藏就在那艘船上。那個昨天把裕美推倒在地，還用腳猛踹的男人。土生土長的漁村婦女們在岸邊大聲說笑，邊捕捉著小蟹和貝類。只要裕美稍微靠近，談笑聲便會戛然停止。相較於農村，這裡的人們確實如傳言般爽朗又直率，卻也是個有著嚴重排他性的鄉下村落。

從良的陪酒女侍。裕美被取了這個綽號。村裡的每個人都鄙視著她，彷彿她是因為誆騙了錦藏，才得以闖入這個村子。所以每當丈夫錦藏出海時，她都只能躲在家裡生悶氣。畢竟這裡不同於岡山市，既沒有時髦的西餐廳或和服店，也沒有能夠安靜漫步的林蔭道路。沒有買和服送自己的男人，也沒有可以一起去看戲或聊天的美人朋友。

在這裡，只有舉止粗魯渾身黝黑的漁夫，以及在夏天會脫光衣服露出乳房到處晃蕩的大嗓門老婆們。還有恣意發臭的空氣、大海和天空。裕美對於自己居然沒發瘋感到不可思議，不禁嘆了一口氣。

「妳連拉網也不會，就連小孩子都敢跳的淺灘也不敢去，剖魚也剖得亂七八糟，連貓都不屑吃。如果妳什麼都不會的話，那至少要出來迎接丈夫捕魚歸來呀！」

雖說丈夫錦藏是唯一願意跟自己講話的人，但卻是個出拳腳比出嘴還快的傢伙。剛邂逅時並不是這樣的，裕美一想到這點就覺得格外辛酸。

就在不遠的一年前，裕美還住在與這偏僻漁村有著天壤之別的岡山市中心，在一間稱不上高級的料理店當陪酒女侍。平日惠顧的客人，大都是有點小錢的商店老闆，或是附近繼承祖產的田庄子弟。這類男人儘管也有令人厭煩或不耐的時候，但至少裕美自己可以打扮得光鮮亮麗，並且梳著整齊的髮髻。而拜客人餐點所賜，她也能吃到不少美味料理及好酒。雖然不是最受歡迎的酒女，但也蒙受不少寵愛。

在這些客人當中，有個從竹內島來的漁夫，那就是錦藏。起初裕美以為他只是個嗓門大又粗野的土包子，外表也像是被潮水沖蝕的凹凸岩礁般嚴肅，以致對他敬而遠之。但隨著他每次都指名裕美，甚至為了見裕美一面而不惜借錢或典當財物，久而久之，果然讓裕美動了真情。

而且，儘管其他客人會買衣服或草鞋送裕美，還會說點歡場蜜語，但終究還是將裕美當作鄉下小酒吧的陪酒女侍看待，把她當妓女玩弄的人也不在少數。只有錦藏不同。他付清了裕美的五十圓債務，幫她贖了身。這筆錢是他賣掉自己的漁船所得來的。酒館主人當然不會有異議。因為裕美並不是店裡紅牌，她只是靠著濃妝讓自己顯得年輕，但其實已經年近三十了。失去了這次機會，那就一生都無法翻身了，酒館主人像個父親般殷切勸告著裕美。

與其到那麼偏僻腥臭的村子，嫁給那麼粗野的男人當老婆，還不如一輩子待在這裡陪酒；有朋友私下說些中傷的話，但也有好姐妹當作是自己的喜事般替她高興。裕美的心防就那麼慢慢地瓦解了，但她並不是帶著厭惡或放棄的心情嫁給錦藏的。

裕美在懂事前，親生父母就過世了，由祖母扶養長大。她的祖母以加工縫紉或貼火柴盒標籤紙賺取微薄薪資來養育裕美，並於裕美小學畢業那年便臥床不起了。裕美只好住進料理店，鉅額借款全部充當祖母的醫療費。「只要不是當妓女就好了」，總把這句話當作口頭禪的祖母，未能看到裕美新嫁娘的模樣就死了。其實，她一定很想把「好想看到裕美的新嫁娘裝扮」當作口頭禪。

裕美對錦藏產生特殊情感，是在偶然聽到錦藏聊到出身地的老故事時開始的。因為那跟她祖母常在床邊說的老故事很類似。雖說不是完全吻合，但錦藏活脫就是「奶奶所說的鬼故事中、那個住在小島上的男人」。

今生未曾看過的竹內島，成了鬼故事中的美麗島嶼。比起附近貧窮灰暗保守的農村，海邊的生活似乎開朗奔放而且適合居住。在農村，雖然擁有一部分的土地，但日復一日為了餬口，都必須一輩子待在這裡辛勤耕耘。在漁村，則是每個人的機會一律平等，只要豐收便能日入斗金。

身為女人的裕美，自從出生以來，就期待著成為某人的新娘。但是，儘管沒有墮落到當妓女，但她畢竟是在市郊小酒館裡陪酒的女侍。她從不敢妄想商店主人或田庄子弟願意接納自己。而那時正好錦藏就出現在她眼前。錦藏並不是酒後戲言，也不是貪心的想納她為妾，而是真心想幫她贖身，正式娶她為妻。錦藏生性粗野不拘，連句像樣的客套話都不會講，但也更反映出他的誠實與善良。

因此，裕美就在錦藏的期盼下，成了小島漁夫的妻子。只是，不到半年，心愛的老婆就變成了沒有用的廢人，綺麗夢想中的島嶼降格為貧窮小漁村，老實可靠的男人轉變成了粗暴的凶漢。

在岡山深夜的包廂裡，錦藏被迷得神魂顛倒，但在故鄉的陽光下，正面看到素顏的老婆時，就像是被冷風灌頂般被澆熄了熱情。也因為生性單純樸實，村人們的中傷及嘲笑都讓錦藏受到嚴重打擊。原本就大力反對替裕美贖身的錦藏雙親及親戚們，別說跟裕美來往了，連開口說話都不願意。雖然身為六男或七男的錦藏，總是爹不疼娘不愛的，但這種斷絕父子關係的狀態，也讓人相當難以忍受。

因一時沖昏頭把船賣掉，也讓錦藏自責不已。好不容易換來的女人真的到手了，卻讓他深刻感覺到失去的比獲得的還多。

如今，他開始後悔把船賣掉，難過自己無法出海捕魚，而且再也受不了大家的指責。這陣子，他開始毫不在意的拿裕美的和服去典當，且再度出入岡山的料理店及妓院。一旦錢不夠用，他甚至還跑去跟船主借。至於他跟年輕寡婦搞在一起的事情，居然連進不了八卦圈的裕美都知道了。裕美傷心欲絕，滿是淚水的臉頰在嚴酷的海風吹襲下瞬間皸裂。在耳邊低喃的風聲，讓她再度想起錦藏的咒罵聲及肩膀的疼痛。

錦藏的父親固然是個深信女人只要被打就會聽話的男人，但錦藏那死去的祖父更加可惡，讓裕美深惡痛絕。因為，當年似乎是他教導年幼的錦藏，「男人無論做什麼，女人都會原諒的」這件事。

「妳這臭婊子！」

錦藏的怒罵聲響起，而下一瞬間，裕美便翻倒在地上了。不會剖魚就被毆打，無法幫忙拉網就被拳打腳踢，而當她被其他女人嘲笑是賣淫出身時，更是被打到趴倒在地。裕美跟這裡的女人不同，她無法不服輸的大喊大叫或是出口頂撞，只能眼露恨意板著臉，但這卻讓錦藏更加憤怒。

儘管已被漲潮淹沒，裕美仍漠然的凝視著「海礁」的方向。之前錦藏還溫柔以待時，臉頰白皙的裕美總是坐在岡山的包廂裡，聽著錦藏述說關於出生村子的傳說。一想到那個時候的錦藏，裕美又嘆了更長的一口氣。

倘若祖母的鬼故事是「海礁」的話，錦藏所說的老故事也是「海礁」。但因為兩者的內容相差甚多，因此「海礁」傳說應該有兩種版本。裕美的祖母是岡山出身，錦藏則是土生土長的竹內島人，從這點看來，似乎是錦藏所說的故事較可信，不過，最近的裕美確信祖母說的才是正解。

「死去的爺爺告訴我的那個『海礁』鬼故事，非常可怕呀。海女到現在還在哭泣。女人一旦愛上了某個男人，就絕對是死心塌地，我爺爺那時就是這麼跟我說的。即使是犧牲生命也甘願，死後也會眷戀不已。」

裕美打從心底怨恨這個爺爺。都是因為他對小時候的錦藏灌輸這種觀念，才會讓錦藏變成現在這樣。海女肯定是為了愚蠢的丈夫而犧牲生命，因此才在那裡暗自哭泣。

海面上依舊不見船影。淹沒了海礁的大海，終於恢復風平浪靜。何必像個笨蛋一樣被烈日曝曬呢，裕美這麼想著，於是便打算先回家一趟。當她一轉身，突然感覺到腳底有異樣的觸感。那本應是炙熱的沙子才對，但此時出現在裕美腳下的，卻是冰凍的岩石堆。

麻痺感從肩膀往下擴散，傳到腳底的瞬間，裕美甚至連眨眼都無法做到。好不容易才回神的她，終於把目光移到冰凍的腳下。為什麼我會突然站在岩石上呢？裕美百思不解。而當潮濕冰冷的岩石與雙腳幾乎快融合在一起時，有個緩慢移動的白色東西映入了她的眼簾。那東西乍看像條白蛇，實則是女人的手。蒼白腫脹的女人手慢慢伸長，觸摸裕美那已失去知覺的右腳。理應是沒有知覺的，卻感覺到一股深達骨髓的寒意。

裕美想尖叫，無奈喉嚨發不出聲音。一片肉塊悄悄的貼上她的左腳。那是張連根頭髮都沒有的女人臉。鼻梁高聳嘴唇薄，是這一帶漁夫老婆中所沒有的容貌。除了那滿是血絲的眼白之外，的確是個標致美人。

裕美凝聚全身的力氣奮力甩開那張臉和那隻手。在咒縛解除的剎那間，裕美被彈了出去，身體反轉面向後方。只見一處漆黑的洞穴。原來那光頭女人是從那裡爬出來的。

被裕美一腳踢飛的女人，既沒有帶著懷恨的眼神，也沒有露出舔嘴歪臉的嘲笑，她只是一動也不動的凝視著裕美，然後沿著岩石攀爬……消失無蹤了。

裕美頓時上氣不接下氣，連尖叫都無法出聲。她再度趴倒在滾燙的沙地上，整張臉就那麼貼在沙子裡。她以為自己的喉嚨大概啞了，等到稍微冷靜下來，思及方才的恐怖景象，便忍不住連聲驚叫。即使錦藏所搭乘的船已經出現在遠方，裕美還是尖叫個不停。

「怎麼了？喂，妳怎麼了嗎？」

有個陰影突然襲上頭頂。裕美反射性的向後仰，抬頭望向聲音的來源處。有個穿著相當整齊、不像漁夫在這酷暑季節習慣裸著上半身裹著褌襠布的男人，就站在她眼前。他不但裝扮與當地男性不同，還有著白皙俊秀的五官，優雅的氣質，而且最重要的是，一看到那左肩往下拉的獨特體態及走路方式，裕美立刻知道他是誰。

話雖如此，但聽他開口說話卻是頭一遭。當裕美抬頭看著他時，不知為何，居然從他身上獲得一股平靜感。這或許是他的職業病，也或許是他把裕美當作孩子般溫柔對待吧。

「呃，那個，我大概是中暑了，突然看到奇怪的東西，那個……」

笑容滿面的他，腳邊有著不可思議圖樣的點點足跡。雖然不需要拄柺杖，但是他的左腳天生就有殘缺。這件事連遭到村人排擠的裕美都知道。

「奇怪的東西？對喔，妳不是漁村本地人，應該受不了這種暑熱才對。」

村子裡最富有的船主兒子，面帶笑容，彷彿是在對疼愛有加的孩子說話。裕美迅速擦乾眼淚，拍掉身上的沙子，站起身來。這裡到處都有剖魚的女人及抓小魚的小孩，不知道又會被說成怎樣。裕美這麼想著，於是後退幾步和他保持一段距離。

其實，裕美很想跟這個男人多說點話。因為他雖然出生於漁村，身上卻有著久違的都市氣息，肯定是個聊得來的說話對象。

不過，如果因此被錦藏辱罵「連對這種人也要拋媚眼啊」，還被痛毆一頓的話，可就吃不完兜著走了。因為錦藏所搭乘的船眼看就要靠岸了。他為了替裕美贖身而賣掉自己的船，如今只好受雇出海捕魚。而雇用他的船主，就是裕美眼前這個男人的父親。

「喔喔，丈夫回來了呢。那我先告辭了。」

儘管左肩大幅上下晃動，走路方式相當獨特，但言談舉止卻是溫柔又有氣質。跟說起話來總是破口大罵的錦藏完全不同。那說話方式彷彿是在閱讀一本好書中的優美詞句。由於連錦藏的親人也不願開口跟裕美講話，因此她已經好久沒有跟錦藏以外的人說話了。不知不覺間，裕美將肩膀的疼痛及剛才的可怕情景全都拋到九霄雲外。

不過，疼痛和恐懼又將死灰復燃。因為船隻已經抵達港口。那艘船上載著由於想擁有裕美而賣掉船隻、隨後卻又懷念起失去的船而對裕美棄之不理的錦藏。因為這個緣故，錦藏把賺來的錢都花在岡山。這次，他說不定會為了買回船隻而將裕美賣掉。

男人們一邊高唱著猥褻的歌，一邊將魚從網子上卸下來。在昏黃天色中，錦藏的身形更顯得黝黑粗壯，儘管心中認定裕美，卻總是對她頤指氣使。銀色的魚鱗瞬間爆裂飛舞，眾人齊心合力處理著一條條生命，揚起一陣不同於方才的熱氣。女人們也跳來跳去的，互相推擠再推擠，拉起網子。那手臂就跟男人一樣粗壯。裕美不知所措地呆站著，錦藏見狀不禁嫌惡的嘖嘖幾聲。不知是誰說了些猥褻的話嘲笑裕美，立刻引來哄堂大笑。

難得的豐收漁獲和適量的酒精，讓錦藏今晚的心情顯得特別好。裕美在圍爐內側邊斟著酒，若無其事的試著聊點話題，但並不是那詭異的虛幻情境。

「惠二郎那條腿是生來就這樣。我在小時候雖然經常欺負他，但他畢竟是船主的兒子，現在我可抬不起頭來了。話說回來，他那種身體是沒法當漁夫的，就連游泳也不會，比妳還沒用呢。不過，好在他頭腦還不錯。」

總之，男性們對於惠二郎的評價就是，船主之子、聰明的教員，可惜瘸著條腿走路不太好看、連游泳都不會、沒有人願意當他老婆。換句話說，他所受到的尊敬與輕視各半。恐怕他本人對於漁夫們，也是優越感與自卑感交錯的心情吧。

一種莫名的同理心（連帶感）在裕美心中悄悄萌芽。因為儘管兩人的立場不同，生長背景也相差甚遠，但裕美在這村子裡，雖被視為從良的陪酒女侍，且有著什麼也不會的負面評價，卻也因曾在岡山市區從事時髦工作，而受到村裡其他女性的些許憧憬和嫉妒……因此，那獨特的走路方式和足跡，對裕美而言，彷彿是童話故事中的美麗場景。

不過，一說到故事，日落時所看到的光頭女，該不會就是那不祥傳說裡的女人吧。為何她會出現在自己眼前呢？終日被海風吹得喀噠作響的窗戶，現在正敞開著。一想到那全身慘白泡爛的女人萬一爬到這裡來的話，裕美不由得緊偎向錦藏。

錦藏好久沒看到裕美這麼惹人憐愛的模樣了，再看到那光溜膀子上的瘀青，大概是心生愧疚吧，於是便開心的把裕美摟在懷裡。裕美像那個女人那樣，一把抓起錦藏的腳。惠二郎那瘦弱的左腳會是什麼樣的觸感呢？裕美閉上雙眼想像著。

裕美很喜歡聽「海礁」的故事對吧。那是發生在岡山隔壁的竹內島的故事喔。

礁，是在漲潮時會沈下去，退潮時才會露出來的淺灘或岩礁。海水，會時而增加時而減少喔。而且，當潮水退了之後，就會出現小小的岩山唷。那就是所謂的「礁」。在那些即使夏日炎炎也依舊冰涼無比的岩石堆中，可以看到一個漆黑的洞穴。真不知那漆黑洞穴深不見底到何種程度。

聽說只要是島上死於非命的人都會落腳在那裡。不過，沒有人會去祭拜。因為漲潮後那裡就會沈下去啊，即使奉上供品也全都會被沖走吧。所以，就算祭拜也是無濟於事呀。

妳說恐怖的東西呀？奶奶我看過好幾次喔。不過，這故事下次再講。今天就不講了。不行不行，不講了。等妳長大一點再說給妳聽。

裕美最想知道的，應該是那裡為什麼會被稱為「海礁」吧？礁，是指散布在面對瀨戶內海的村莊及小島上，隨處可見的、無名的岩山或沙灘。不過，好像只有位於長濱村和竹內島之間的礁岩才有名字喲。沒錯，就叫做「海礁」。

這種稱呼大概是從享保年間開始流傳的吧，奶奶我從小就是這樣說的喔。裕美呀，礁就是礁岩沒錯，但「海」則有兩種傳說。

奶奶聽到的是「尼」發音的這個，就是「尼姑」的意思。據說在現今岡山市內的南方有座尼姑庵，那裡住著一位非常漂亮的年輕尼姑。周遭的男人都不是為了聽經文或請求誦經，而是為了看那尼姑一眼，才到這尼姑庵去的。那尼姑長得就跟裕美一樣可愛喔。

聽說竹內島上有個漁夫，比任何人都還要迷戀那個尼姑。他雖然是個非常勤奮工作的漁夫，但也是個脾氣暴躁的男人。意亂情迷到最後，他居然把尼姑從庵裡強行拉出來，還強迫尼姑嫁給他。問題是，尼姑其實是不能結婚的呀。

在尼姑剛嫁過來時，那個漁夫的確是高興得不得了，還把她捧在手心上疼，寵愛到無以復加。不過呀，無論女人多麼國色天香、氣質優雅，男人還是很快就會膩的。更何況，尼姑的強項本來就是誦經念佛啊。她既不會拉網，也無法接受腥臭魚鮮，更別說是剖魚了。就這樣，漁夫逐漸感到厭煩，也變得越來越鬱悶……男人哪，真的是無可救藥啊。

然後，聽說他還跟同村的一個可愛女孩交往唷。漁夫畢竟還是跟漁夫的女兒比較適配呀。而且，尼姑也知道了那女孩的事情。於是，只能默默待在家裡的尼姑，便以一副幽靈般的哀怨表情無聲的責備著漁夫。

那漁夫終於再也受不了尼姑成天待在家裡。因為愛戀的心情越濃烈，憎恨的心情也同樣越來越強烈呀。於是有一天，漁夫把尼姑騙到了海上。沒錯，地點就是那個有著漆黑洞穴的礁岩。

大概是趁著退潮的時候吧。沒人知道漁夫當時捏造了什麼理由，只知道漁夫狠心把她扔在那裡，獨自划著船回到岸上。不會游泳的尼姑在漲潮後不久就溺死了。

據說屍體好像沒有浮上來。我不清楚那個漁夫後來變成怎樣，不過，應該是勉強苟活著吧。唯一可以確定的是，他並沒有好好祭拜那位尼姑。怎麼說呢，因為好像直到現在，大家都還聽得到從礁岩那頭傳來女人的哭泣聲。

裕美呀，妳不怕嗎？呵呵，妳說妳絕對不嫁漁夫呀？沒人會喜歡去有著可怕東西的小島？這很難說唷。因為越是厭惡，就越可能會被那股厭惡所吸引喔。

至於另一個故事，我就不太清楚了。好像是說，發音雖然跟「尼」相同，但指的並不是尼姑，而是有關潛入海底的海女的故事唷。海女似乎也是因為眷戀男人而在傷心哭泣呢。

裕美呀，我跟妳說，男人都是一個樣，無論當初是多麼愛慕的女人，一旦膩了倦了，就會無情的把她給拋棄的。男人看待女人就像對待海藻般，只要一感到厭膩，就絕對會不屑一顧。妳那死去的爺爺倒是沒有這樣喔。唉呀，不說了。畢竟裕美連爺爺的臉都沒看過呀。

直到現在還不停的在哭泣，一想到就讓人鼻酸哪。肯定是含著恨意在哭泣呀。仔細想想，因為思念男人而哭泣的「海女礁岩」的故事，似乎比較慈悲呢。

好了，故事講完了。妳該睡覺了。什麼？妳還想聽？那我再講一個就好嘍。這也是有關竹內島的傳說，那裡有種奇怪的祭拜方式。當地人在做頭七時，會將裝有炭灰的盆子擺放在玄關處。假如炭灰上出現小鳥的足跡，就代表死者已經成仙。若是出現的是貓或狗等畜生的足跡，則表示死者在陰間迷路了。那麼，海女或尼姑傳說的盆子裡，出現的會是哪種生物的足跡呢？

聽說人們直到現在都還聽得到從海礁那頭傳來的哀泣女聲。她究竟是因為思念男人而哭泣，還是因為怨恨男人而哭泣呢？說不定結果出人意料，海女才是憎恨著男人，而尼姑則是愛戀著男人呢……因為人生就是這麼一回事呀。

「礁」這個字的同音字其實是「宗谷」，但是告訴我這件事的，並不是錦藏的爺爺，也不是我的奶奶。

「海礁，就是尼宗谷呀。」

邊撫摸著惠二郎萎縮的左腳，裕美邊這麼說。她到底是在何時何地跟惠二郎約好私會的呢？又究竟是在何時何地幻想過，跟惠二郎在六疊榻榻米大的小學教室裡相擁的畫面呢？不過，她跟頭腦清晰的惠二郎實在是太契合了。

在床邊私語時，惠二郎為裕美說了「海礁」的故事。真不愧是惠二郎，這兩個傳說都知道。而雖說無從查證究竟何者才是正解，但裕美決定從此以後要相信過世祖母所說的故事。因為，那天纏住她的腳不放的是個尼姑。

「假如我說曾遇過尼姑師父的幽靈，你會相信我嗎？」

那萎縮的左腳像個小孩般纖細純潔，讓人絲毫不覺得是殘疾，反倒像是另一種惹人憐愛的存在。

「我相信啊。因為尼姑師父的遭遇跟裕美很像。」

他明明說是初次和女人相好，但為何表現得如此熟練自在呢？西曬的陽光火熱炙人，倒映在紙窗上的葉影也清晰可見。海邊傳來女人們的歌聲，說是為了慶祝豐收而唱，但那歌聲聽起來卻有些沈悶草率。

學生們都已放學回家的木造校舍，活脫脫就是一座死魚掩埋場。充當教師休息室的六疊大榻榻米房間裡，沾滿了不知是誰夾帶進來的沙塵。大白天仍顯幽暗的收納室裡，飛蟻死屍像花瓣般堆積著。

果真從脖子以下都是雪白的；村子裡最聰明的男人喃喃自語著。從最初見面時開始，就一直想像著是這種膚色，果然被我猜中了；村子裡唯一不會游泳的男人自言自語著。裕美只是默默的、細心珍惜的撫摸著那隻萎縮的左腳。

「我奶奶從未講過任何年輕時代的事情耶。她該不會曾住過竹內島吧。不然，她怎會知道那個故事呢。」

惠二郎那雙無法拉網也不會捕魚的手，光滑又纖細，彷彿生來就是為了撫摸裕美。聽到裕美的話後，惠二郎露出淺淺的微笑。從門窗縫隙吹進來的沙子，讓榻榻米顯得粗糙不光滑。潮濕的沙、乾燥的沙，不管逃到哪躲到哪，腳邊永遠都有沙。也因此，從任何一個窗子望出去都能看到海。這裡雖說是村郊，但仍然聽得見未曾止歇的浪潮聲。只要站在突起的泥土地上遠望，那閃閃發光的波浪便會刺痛眼睛。

穿戴妥當後，裕美邊留意著他人目光邊緩步離去。她明白萬一這件事被錦藏知道的話，自己肯定會像傳說中的尼姑那樣，被帶往岩礁讓漲潮淹沒。

若真是那樣，我應該也會每晚啜泣吧。站在威力不減的豔陽下，裕美的腳步踉蹌了。我應該不是因為怨恨錦藏而哭泣吧，而是因為思念惠二郎而哭泣。

「妳錯了，不是這樣的。」

裕美突然停下腳步。難道又是那東西？裕美不由得腳底發涼。這裡是哪裡呢？為何腳下是堅硬的岩石呢？耳鳴聲加上海潮聲。一股冷冽的氣息吹在裕美冰凍的耳垂上。那光頭美人突然把臉放在裕美疲憊的肩頭上，就那麼從背後覆蓋過來，口中的氣息比腐爛的魚還要腥臭。

「一旦愛上男人，到最後終究還是會怨恨男人的。」

脖子完全僵住。裕美就那麼挺直身軀，動彈不得。冰冷的尼姑憤恨的抓住裕美凌亂的黑髮。裕美閉上雙眼，深怕尼姑將她的頭髮一把扯斷。

「妳的葬身之處就是海礁！潮汐的漲退決定妳的生死。因為男人的一時興起，女人卻要與生命搏鬥。怨恨吧！哭泣吧！」

尼姑的尖銳嘲笑聲，解除了裕美無法動彈的魔咒。從松樹林傳來激烈的蟬鳴聲，裕美不停顫抖著。昨晚被錦藏毆打的耳朵上方還麻麻的，惠二郎方才還憐愛的親舔那一處瘀青，此刻幽靈般的尼姑卻在她的耳垂邊訴說令人厭惡的話語。

裕美停下腳步，面對著那片風平浪靜的大海。女人們七嘴八舌的聊著絕對不會告訴裕美的八卦閒話，邊補著魚網、挑揀著小魚。在遙遠的海洋上，錦藏所搭乘的船正拖著囊式拖網持續前進。他們在突出於船尾及船頭的柱子上架設袋網，以便捕撈住在海底的魚鮮。但是，她所熱切渴望、焦心期盼的，並不是那艘船上的男人。

裕美壓住凌亂的頭髮，無聲的大喊著。因眷戀而哭泣的是我自己呀，我要繼續等待那拖著可愛左腳的男人呀。理應消失不見的尼姑，一臉滿足的在裕美頸子上吹著腐臭的氣息——。

海礁位於竹內島與長濱村之間，即使是退潮時，如果沒乘船也無法渡過。然而，裕美卻停留在原地看著那片海礁。讓暗紅色朝霞染紅的大海，在錦藏所乘的船出航之際，被激起左右兩道魚影般的龐大巨浪。前去送行的裕美，內心祈求暴風雨來襲讓大家都喪生。她許願時，腳下出現了冰凍的岩石。其他女人早已踏在滾燙的沙灘上，只有裕美全身凍僵。

被曬成紅銅色的女人們，邊搖晃著乳房，邊即興唱著連岡山東中島妓院裡的妓女也唱不出口的淫穢歌謠，同時還邊刮除魚鱗邊剖魚。裕美斜眼看著這一幕，慌張的通過。有人揶揄唯一沒拉起裙襬的裕美是拉裙襬姑娘。錦藏在附近時，大家還會稍微忌諱一下，而當裕美獨自一人時，便會遭到眾人毫不留情的嘲弄。

「妳也去幫魚斟酒，讓牠們喝個爛醉吧！」

即使住在漁村、嫁給漁夫當老婆，裕美終究還是個不三不四的陪酒女侍，同時也是個生長於岡山市中心的都市女人。

如果裕美真是那種被其他女人嘲笑、不三不四又有心機的陪酒女侍，大概就會刻意去討好那些女人，放低姿態請她們接納自己吧。況且，假使裕美真是那種讓其他女人懷有敵意、生長於繁華都會的高傲女子，那麼不管被那些腥臭膚淺骯髒的女人講什麼，她應該都會不痛不癢且昂然以對吧。

問題是以上兩者裕美都無法做到，因此只好選擇低著頭沈默不語。

而正因為裕美沒什麼把柄可讓人說長道短，當地女人才更加把她視為異類、外地人，並當成攻擊標的。這情形和裕美在岡山當陪酒女侍時非常相似。想當初她努力想表現出乖巧順從的模樣，卻被客人怒斥到底在擺什麼架子裝清高。

仔細回想，原來錦藏是想要個「岡山之女」。他渴望一個在雪白肌膚上撲著白粉的女人。他意識到白粉會卸掉、皮膚曬了也會變黑這個事實，究竟是在賣掉船隻之後，還是替裕美贖身之後呢？

已不是岡山之女、又無法成為漁村之女的裕美，在那牆壁頹圮門窗破舊的幽暗家中，靜靜的等待著夕陽西下。錦藏幾乎都不給家用，因此她只好偶爾去撿拾被打到岸邊的小魚和海草。這裡的食物俯拾即是，裕美認為這裡只有這點比岡山好。至於味道酷似烤人肉因而忌口的小魚，裕美倒是習慣了。

空氣裡的濕氣逐漸增加之際，裕美撫摸著毛糙的頭髮。她焦急地等待著那濃密松樹的樹影落在從家中望出去的那片沙灘上，然後便趿著草鞋出門去。目的地是村郊的小學。她壓抑著分不清是哀傷還是喜悅的滿腔熱情，快速奔跑。

裕美在沒有學生的校舍裡跟惠二郎私會。明明是如此深愛著的男人，背後卻像有個洞穴般，吹起一陣不知從哪吹來往哪吹去的風。此處只有裕美和惠二郎，除此之外別無他人。

「我，對女人死心了。」

沒有自卑感或任何情緒，惠二郎淡淡的微笑著。他的左腳如同小孩的腳一般，右腳則異常巨大，大概是為了承受身體重量吧，強壯得絲毫不比漁夫的腳遜色。然而，裕美卻偏愛惠二郎的左腳，她總愛用臉頰去磨蹭。

「我對婚姻，也死心了。」

依偎在惠二郎身旁，裕美低聲說著。若是被任何人撞見，恐怕就全完了。惠二郎是船主之子，應該不會遭到嚴厲懲罰才對，但錦藏肯定會發狂似的攻擊惠二郎。就像昨天裕美忍不住回嘴，結果就被錦藏抓起頭髮亂轉一通，還被踢倒在地。而細心用舌頭舔著那處瘀青的惠二郎，真是可愛至極。

這個村子不大，惠二郎應該知道裕美的來歷才對。

「我們兩人都放棄的事情，不知道未來能否實現耶！」

兩人相視一笑，而紙門暗處似乎也有人在竊笑著。偷看者並不是村人，而是尼姑。她用血紅的舌尖在紙門上挖個洞，用充血的眼睛偷窺著。

「不過，如果願望實現了，就會想再許個願，因為慾望是無止境的。」

裕美猛然抬起了頭。因為她感覺到惠二郎一反常態的熱情亢奮。在逆光中，她看到惠二郎蒼白的臉色反常的變為潮紅，左腳還微微痙攣。

「我，想要跟裕美共組家庭。」

裕美茫然的看穿惠二郎的背。既沒有飛上枝頭的喜悅，也沒有跌落谷底的痛苦，只是瞪大了眼睛。

「自從裕美來到這裡之後，我就一直非常在意。不知道為什麼，總覺得妳並不是來到這裡，而是回到這裡。」

彷彿被沈到水底般，裕美耳鳴到快要窒息。因為還有另一個女人在場。那是個垂著一頭黑髮、臉色慘白卻全身黝黑的肥胖女人。跟這裡的女人一樣光著身子，給人粗野感覺的乳房上有個大大的塌陷咬痕。那是遭到鯊魚攻擊的傷痕。

裕美頓時失去體溫，從身體深處傳來戰慄。這說不定是因為害怕在這狹小村子裡犯下通姦罪所引起的不寒而慄，也可能是預知這件事將被錦藏發現而慘遭殺害所引起的可怕幻影。可是，那幻影卻遲遲沒有消失。

面對沈默僵硬的裕美，惠二郎努力壓抑濃烈的情感繼續說著。

「我當然知道裕美是錦藏的老婆。叫妳離緣這種事，我說不出口。更何況錦藏在替我家做事，這實在是說不過去呀。」

轟隆作響的風聲，在耳後吼叫著。海女手上握著把生鏽的刀，刀上的海水沿路滴落，但卻是鮮紅色。那到底是鏽漬還是……

裕美終於被解除了束縛，她趴在地上發出嘶啞的悲鳴。浪濤聲咆哮。她明白自己被放逐在孤立的茫茫大海，等待著永遠不會來的救援。

「我也喜歡惠二郎。如果能夠在一起，不知該有多好呢！只是，這是絕對不可能的呀！」

不光是因為自己是錦藏的老婆，還有惠二郎是村子裡最富裕船主的兒子這個事實。這件事肯定得不到任何祝福，而且應該是任誰都無法認同的吧。在這夢幻童話付諸實現之前，村人會先認定是陪酒女侍誆騙船主之子，到時候眾人的歧視與排斥只會越來越激烈。

如此一來，自己縱使沒被錦藏殺掉，也會孤單一人的被趕出村子。儘管這村子令人鬱悶，但自己只剩這容身之處了。因為岡山那裡已經無家可回，也沒有迎接自己回家的人了。

雖然情緒亢奮的編織了許多美夢，但惠二郎其實非常瞭解目前的處境，因此，他再也沒說過一句話。在聽到裕美輕聲啜泣後，他低聲說：我要走了。

四周變得寂靜無聲，只有從遙遠的海洋傳來海風和海鳥的聲音。被黃昏暮色染紅的起毛榻榻米上，兩人緊緊的牽著手，手與手互相包覆，感覺彼此快凍僵的溫度。裕美想著：待會兒要回去的家，是個漆黑的洞穴。

裕美先走了出去。她總是頭也不回的往前走。因為回頭看那被棄之不理的惠二郎，實在是令人不忍。黃昏的海風，帶著遠秋的冷冽。

家家戶戶的女人正出來迎接漁船的歸來。嗓門大、輪廓深的女人在漁船靠岸後，立刻蜂擁上前幫忙拉網。由於屬淺海捕撈，因此大半漁獲都是各類小魚。幾乎快要衝破網子的銀色魚鱗，在夕照下顯得光彩奪目。腳步蹣跚走到附近的裕美，被人不知是故意還是碰巧的撞到一旁，跌倒在岸邊。倒過來的天空彷彿是墨綠色的鯊魚皮，海面上漂浮著大量的死魚。

抓在手裡的是滑溜的長髮。從沙子裡突然亮出生鏽菜刀的刀鋒，剛好筆直瞄準著裕美的心臟。裕美小聲抽泣了起來，但是沒有人願意伸出援手，不，應該說那些人是完全不理睬。

當裕美緩緩站起身時，便看到面無表情的錦藏正站在眼前。這時她才發現自己手裡什麼也沒有，而沙灘上的尖銳東西只是貝殼罷了。

「妳在搞什麼，喂！快點回家啦！」

大概是因為豐收吧，今天錦藏的心情非常好，還願意伸手扶裕美起來。看到錦藏臉上沒有一絲懷疑，那強壯的背影始終相信自己會跟在他後面，裕美不禁淚流滿面。或許我應該給他機會，繼續對他有所期待，並將自己確實託付給他，裕美這麼想著。

海灘上殘留著無數個足跡。儘管遭海浪沖刷而隨風消逝，但馬上又會有新的足跡刻印其上。裕美試著找尋惠二郎的足跡，卻是徒勞無功。

這天晚上，裕美被奇怪的呻吟聲驚醒。周遭只有從木窗破洞照入的青白色月光。黑暗中，睡在她身旁的錦藏正喃喃碎念著，以壓低的音量發出悲鳴：妳這傢伙！

「怎麼了？喂！喂！」

在裕美用力搖晃下，錦藏終於張開眼睛彈跳起來，然後如同野獸般不停喘息。

「我，做了個夢。」

錦藏彷彿像個孩子般無依無靠，不好意思的小聲說道。那夢境的殘留影像瞬間映入裕美眼簾，讓她不由得緊緊抱住錦藏。她聞到一股流汗的悶熱氣息。

「……海礁。」

裕美開始耳鳴，除了這個字彙之外什麼都聽不到，直到好一會兒才總算恢復知覺。雙手抱頭的錦藏，再度一骨碌的躺下來。

「……死去的爺爺就住在海礁的洞穴裡。」

海鳴聲忽近忽遠。月光始終那麼清澈明亮。

「還有另一個不知打哪兒來的陌生老婆婆。」

裕美頓時嚇得背脊發涼。在背後嘲笑的青色月光，像把利刃般尖銳。裕美用力的搖了搖頭，逼自己不要去想像老婆婆的模樣。因為不管是那陌生的老婆婆，或是已過世的奶奶，都同樣令人討厭。裕美溫柔的將雙手伸向錦藏，以便壓抑莫名的顫抖。

「這兩個人做了什麼？」

裕美盡可能以甜美柔和的聲音輕聲詢問，並安撫錦藏背部。

「……不能說。」

錦藏打從心底感到害怕。這麼大個的男人縮成一團，確實有點滑稽，但反而更傳達出極度害怕的程度。錦藏似乎回到那聽完爺爺所說的鬼故事後，不敢一個人去上廁所的小時候了。

「一旦說了，如果成真的話就不好了。」

裕美因此沒有再多說話了。她悄悄的躺回錦藏身邊，想像著出現在錦藏夢裡的老婆婆。小時候的裕美希望長大後可以當新娘，但現在的自己卻渴望能放棄人妻身分——。

細細回想，私會情事一直都沒有敗露，真是不可思議。因為這是個位於小島上的小村莊。村人們全都是熟面孔，到處都會遇到認識的人。

他們兩人一如往常的避開他人目光，約在校舍裡面密會，但紙門卻突然被人踢破。原來是錦藏。

裕美不敢出聲，只能慌張的拉攏和服衣襟。惠二郎就像溺死者般臉色慘白，坐著不動。

「我不能說是誰，但有人跟我咬耳朵，說裕美跟惠二郎不知道鬼鬼祟祟在做些什麼。本來以為絕對不可能的……妳這臭婊子！」

由於今天有颱風來襲的跡象，因此錦藏他們都提早返航上岸了。海風的潮濕感和海浪的不穩定，都是都市出身的裕美及毫無漁夫經驗的惠二郎所未能留意到的。

錦藏儼然就是個紅鬼。彷彿粗糙岩石的臉被震怒給染得更加黝黑。他舉起岩礁般的粗壯手臂，一巴掌打向裕美的臉頰，裕美因而翻滾在地，那撞到地面的腰部比臉頰還要疼痛。

錦藏施暴的順序跟以往相同。他先是怒斥著：妳這臭婊子。接著一腳踢向裕美腰際，再用力拉扯頭髮。把裕美往後拉倒在地後，他便跨坐在裕美的肚子上，拚命甩她巴掌。裕美根本無力抵抗。因為那是無人能敵的力量。要順著他的氣勢都已經很不容易了，因此裕美根本沒有發出哀嚎的餘裕。

在裕美被毆的期間，惠二郎僅是抱頭蹲坐著。因為他心裡明白，縱使自不量力出手反擊，只要錦藏那手臂隨便一揮，就極可能讓他粉身碎骨；但他也不打算獨自逃走，所以只好茫然蹲坐著。

當裕美被打到奄奄一息時，錦藏終於願意放下拉扯頭髮的手。裕美像個被擰爛的破手帕般被扔到一旁，僅剩下微弱呼吸。鼻血中充滿鐵鏽的味道，眼皮腫到無法張開，從頭到腳都痛到發麻。剎那間，裕美的身體飄浮起來，眼冒金星不斷擴散。她失去了意識。

若說失去意識是因為劇痛所致，那麼清醒過來也是拜疼痛所賜。不論裕美如何變換姿勢，都無法從喘不過氣的悶痛和骨頭撕裂痛中逃開。胸口劇烈起伏，仰面朝著天空，肺部嘎嘎作響。裕美從腫脹的眼皮縫隙中，瞥到了異樣的景象。

……紅鬼在洞穴裡貪婪的看著人類。不同於對裕美所施行的激烈暴力，錦藏帶著安靜的殺意面向惠二郎，壓住惠二郎後，他用力勒住惠二郎的脖子。

惠二郎那瘀血鐵青的臉忽隱忽現，天花板在裕美的上方不停轉動。裕美想要起身卻起不來，因為她的手被尼姑、而腳則被海女給架住了。

這兩個冰冷的女人面無表情的壓住裕美的身體。洞穴越來越逼近。空氣中瀰漫著鐵鏽味。視野被塗成一片漆黑。那呻吟聲是惠二郎還是自己呢？裕美再度失去意識。尼姑與海女乘著虛幻的退潮，回到那洞穴裡去了——。

……儘管眼皮浮腫不堪，但總算能夠張開眼睛了。儘管疼痛難耐，但上半身終於能夠坐起來了。在幽暗的房間裡，首先映入裕美眼簾的是錦藏呆坐著的模樣，一動也不動的他像個化石般僵硬。他的膝蓋下方，則有個拉長的詭異影子，那影子還帶點厚度。

原來是惠二郎。惠二郎躺平在榻榻米上，沒有絲毫微動。而錦藏雖然沒動，但因為劇烈的喘息，背部還是會微微起伏。惠二郎則是真的毫無動靜。不動也是理所當然，因為他已經沒了呼吸。

從裕美的喉嚨裡，首度迸出尖銳的悲鳴聲。雖然只是一聲哀嚎，但卻是裕美還活著的證明。因為這哀嚎聲，錦藏張開那彷彿即將爆裂的雙眼看著裕美，那張大的嘴巴像是要發出吼叫，卻又固定不動。錦藏似乎以為裕美已經死了，被他自己那雙手打死了。

如今看到裕美恢復呼吸而重生，錦藏反倒覺得裕美是變成幽靈回來索命了，所以他不敢再出手。況且方才的致命一擊，已經用盡他全身的精力。在現實世界裡，怒氣與亢奮是不可能永遠持續不減的。裕美固然可以撿回一條命，但惠二郎是無論如何都無法起死回生了。

錦藏突然一把抱起裕美。那口水漬痕與滿臉鬍碴，讓他顯得骯髒邋遢。紫黑歪斜的臉上表情相當嚴肅，眉間的皺紋彷彿被鑿刻般深刻。

「……我殺人了，喂，我殺人了啦！」

被抱起的裕美，被迫看著橫躺在地的惠二郎那硬被扭斷的脖子和呈現黑青瘀血的臉蛋，鼻子上流著鼻血，嘴巴微微張開，露出些許牙齒，看起來有點像在淺笑。那遭到勒斃前的尿失禁臭味撲鼻而來，就連萎縮的左腳下方都被失禁的尿液給沾濕了。

唯有這種時候絕對不能失神昏倒。裕美突然清醒過來，將那殘酷的現實烙印在腦海裡。

從今晚開始大概每天都會做噩夢吧，裕美彷彿事不關己般的想著。

從頭殼到心靈深處，身體的每個部位都是那麼的沈重痛苦。究竟何者是幻想，何者又是現實，裕美已經完全無法判斷。直到方才都還互擁談笑的惠二郎，居然變成了無法言語的屍體躺在她的眼前，這教人如何接受呢？而且，犯下這凶行的正是錦藏呀。裕美實在不知道接下來該如何善後。

「……妳懂了吧，裕美。」

紅鬼其實怯懼不安，卻開始盤算脫罪的計策，還向差點慘遭殺害的女人謀求援助。他一定也很希望惠二郎能起死回生吧。但即使惠二郎能夠復活，應該也不會幫他掩飾殺人惡行吧。

「惠二郎是船主的兒子啊。假如我勒死惠二郎這事被發現了，可不光是我被送進牢房或被處以絞刑，就能解決的呀。」

錦藏再度把裕美丟在榻榻米上，跪在地上，用手向前撐著，擺出祈拜屍體的姿勢。裕美也像具屍體般，木然的望著天花板。傷痕累累的臉頰上落下了眼淚，從微張的嘴角流進嘴裡。果然，是鐵鏽味。

「就連我哥哥、弟弟，還有妹妹的婆家都會受到牽連。總之，所有的親戚都會被排擠而無法再住在這村子裡了。裕美當然也一樣。」

唉，我是這個男人的老婆啊。到現在我才總算大徹大悟。沒錯，我並不是躺在那裡的那個男人的老婆。儘管我倆曾經共同期盼過，但那畢竟不是事實。

「一直到太陽下山之前，都給我待在這裡，千萬不可以被人發現。」

憑自己的力量站起來的裕美，悄悄地撫摸著惠二郎的左腳。那彷彿可收納在裕美手心的小腳上，還殘留著些許溫度——。

在離開那裡之前，錦藏用抹布仔細的擦拭過榻榻米，並將那塊抹布帶走燒掉。裕美在離開前僅回頭看了一次。從今以後，不會再進入這個房間了。從明天開始，又是唯有海風吹拂的沙灘充填胸臆、以啃咬海沙來消磨日子。

月光下，背著惠二郎的錦藏沈默的走著。背上的細小左腳，惹人愛憐的搖晃著。裕美也腳步踉蹌的走在那恍若黃泉路的幽暗沙灘上。

拉出淺灘專用的小船，兩人無言的坐上船。惠二郎雖瘦削，但屍體卻相當重。三人上船後，小船明顯下沈。終究還是只有小船，才能在暗夜大海中划行。四周只有默默划槳的聲音。月娘彎細，雲彩幽暗，而屍體沈重。

小船來到了海礁附近，但因它已被潮水淹沒，所以不知道到底在哪裡。沒有海女或尼姑的哭聲，只有裕美的嚶嚶啜泣聲。倘若有誰乘著風聽到這哭聲，大概會以為鬼故事成真而感到害怕吧。那麼，究竟會以為那是尼姑還是海女呢？

「順著潮水的路線，大概馬上就會被沖走了吧。日子一久就會腐爛，那脖子上的勒痕也就無從查起了。」

看不清眼鼻的黑影，以壓低的音量說著。他拖著屍體，頂到船頭上。裕美不自覺的雙手合十，拚命念著記憶模糊的經文。將屍體推下船沈沒海中是件輕而易舉的事情。惠二郎靜靜的沈了下去。生長於漁村卻未曾潛過海的男人，死後卻被大海召喚而去。

裕美精神恍惚的隨著小船搖晃。她在錦藏背後，看到了此時理應不會顯露的岩礁。海礁正張開黑色大口，想將惠二郎一口吞下。

錦藏死去的爺爺，與裕美死去的奶奶都在，兩人就像老朽的人偶般並列坐著，生鏽的菜刀立在正中央──。

……到底是如何上岸？又是何時下船的呢？當裕美回過神時，已經被錦藏背在身上，踏上回家之路。只有錦藏的腳踏在沙灘上，其後卻跟著萎縮的小小足跡，傳來了滴答滴答的謹慎腳步聲，那細小足跡一直跟到了家門前。但被強勁的海風吹散，立刻消失得無影無蹤。

「說出裕美跟惠二郎有曖昧的，是我大哥的老婆，但妳不用擔心。即使巡查大人來調查，她應該也不會多說什麼的，所以我們只要沈默以對就好了。」

一想到錦藏的強壯手臂與衝動個性，其他村人大概也不敢亂說話吧。兩人緊緊相擁著入睡了。儘管錦藏的心早就飄到岡山妓女和同村的寡婦身上，但握有關乎生死祕密的女人，畢竟只有裕美一人。雖不知道憎恨和不安的情緒在未來能否轉變為感情，但無論如何，今晚兩人的選擇是相擁入眠。

仔細側耳聆聽，惠二郎並沒有偷偷在啜泣。但勒死惠二郎的粗壯手臂，今晚卻成了裕美的枕頭──。

惠二郎失蹤一事，隔天當然立刻引起騷動。不過，即使有隻腳不良於行，但他畢竟是個成熟獨立的男人。一時半刻是很難找到相關線索的。儘管如此，他爹娘還是向派出所提報尋人啟事，村民們也至附近山區或樹林展開搜尋，其中當然包括佯裝不知情的錦藏。

為了隱藏浮腫的臉龐，裕美用手帕遮臉足不出戶。更何況全身傷口隱隱作痛，也讓她連走路都很困難。她只好像惠二郎那樣拖著腳畏縮的過日子。只要隱藏得好，暴風雨終究會過去的。裕美深信這點，因此她不聽不看也不說。海女跟尼姑也潛在洞穴裡沒現身。

失去惠二郎的隔天早晨，天空萬里無雲，大海風平浪靜，漁夫們爽朗依舊。海邊傳來聲嘶力竭的船歌，海鳥也爭相吵鬧著。海礁沈沒了又出現，忽隱忽現，不知情的海風將不祥的謠言吹向四方。

沒有惠二郎這個人，也從未相遇過，裕美下定決心這麼想。因為她可是盼了又盼，才如願嫁到這裡當錦藏老婆的。裕美因此變得比這裡的女人還粗野，以一副披頭散髮敞開胸前的姿態，蹲在地上不動。

那之後過了好幾天，尼姑和海女的幻影不見蹤影，就連惠二郎的幽靈都未曾出現過。之前大概是因沈迷於愛情才會看到幻影吧。而今美夢落空，什麼也不剩了。沒有八卦流言傳開來，而裕美臉上的浮腫和身體的疼痛也日漸消退。

與以往截然不同，錦藏變得溫柔許多。雖然比不上來往於料理店獻殷勤的時候，但至少沒再動過粗。這絕非因為他倆是夫妻，而是因為殺人共犯的關係才讓他變得溫和吧。同時他也擔心萬一不小心刺激到裕美，使她脫口說出那件事，那可就慘了。

裕美停下手邊的工作，敲了敲緊繃的肩膀。她心想：快到黃昏時分了，必須去迎接漁船才行。聚集在岸邊的女人們，果然壓低了聲量在討論關於船主兒子的流言。然而，卻是「有人在岡山車站看到惠二郎，他好像跟岡山的女人私奔了」這類不負責任的謠言。至於警方的調查進度也是無從得知。不過可以確定的是，這還構不上是一件刑案。

裕美撩起裙襬走到沙灘上，正好是錦藏所乘船隻上岸的時候。只穿著一條褲襠布的男人們，拉起膨大的漁網。女人們歡聲雷動，銀鱗閃耀的魚鮮群集，豐收的歌曲立刻響徹雲霄。儘管歌詞粗鄙，但愉悅暢快的打拍聲卻是氣勢驚人。然而，就像月亮被烏雲遮蔽般，歌聲戛然停止了。

岸邊沈浸在一陣難以言喻的死寂中。恍若紅鬼的錦藏，茫然的呆站在原地，凝視著從網眼露出的某個東西。突然傳來一陣如同笛聲般的哀嚎，那並不是繼續唱起歌，而是拖得好長的人類悲鳴，甚至還有女人嚇到兩腳癱軟。

網子裡，有條腐爛的大魚！

由於長時間漂浮在海上，頭髮跟眉毛都已掉光，鼻子也腐爛了。那是個無法辨識容貌的人類死屍。經潮汐席捲，衣物已全部脫落，露出光溜的裸身。因沈在海底而呈現慘白的身體，在悶熱的沙灘上立刻膨脹成鮮紅色，像隻螃蟹般吐著泡泡。胯下雖已經腐蝕，但仍有著男人的性徵。而且，這男人的左腳特別細小，這點任誰都看得出來。

「……是惠二郎呀！」

在女人的悲鳴與男人的怒吼中，裕美癱坐在原地。錦藏只是無言的站立著。胃裡一陣酸意令人作嘔，裕美蹲下身吐了出來。一想到那猶如異形般的物體，居然就是曾經與自己相擁的軀體，她不禁又狂吐到胃部痙攣。

立刻有人跑到派出所，引領巡查大人前來，但由於遺體腐爛過度且嚴重損傷，光用目測並無法得知確切死因。隨後，遺體被運至縣立醫院進行解剖驗屍，但仍無法斷定死因。巡查大人來回各戶盤查村民，大家都異口同聲說，惠二郎未曾與人結怨積仇。因此，這件事迅速且毫不費力的以自殺或意外事故結案了。

自殺的理由是當事人常掛在嘴邊的，總是找不到老婆這件事。而意外事故的說法則是肇因於那隻瘸腿，反正就是穿鑿附會，說什麼惠二郎在某處的岩岸上不慎落海，因不善游泳而慘遭溺斃等等。每個臆測傳言都說得像真的一樣，甚至還比被人殺害這事實更加有真實感。

錦藏和裕美絕口不提這件事，但並不是害怕被誰聽到而心生警戒，而是假裝沒發生過這件事。兩人就像其他村民一樣，打算認定惠二郎是死於自殺或意外事故。

從此以後，他們的夫婦關係演變成了另一種形式。雖然無法恢復當年猶如被下蠱般的濃情蜜意，但至少錦藏不再對裕美施暴，而是變成一對疏遠客氣的同居男女。

那種感覺和以往的鬱悶厭煩不同。因為錦藏不再是會打人的可怕丈夫，而是明白自己罪行的男人。對錦藏而言也是如此。因為裕美不再是沒有用又惹人厭的老婆，而是不知何時會告發自己的女人。因此，兩人即使想分手也無法輕易說分就分。

奶奶，奶奶，為什麼裕美會嫁到這種地方來呢？

爺爺，爺爺，為何小錦會落得殺人犯罪的下場呢？

裕美呀，男人就是這麼一回事呀。

小錦唷，女人就是這麼一回事呀。

——真不愧是村子裡最富有的人，船主家的喪禮簡直就像舉行祭典般盛大，到處擺滿了白菊花，且從岡山請來多達十人的僧侶，誦經聲遠至長濱村都聽得到。

村民們全部出動前來幫忙，那些女人們只有在今天才穿著整齊，撕開白布縫成喪服，炊煮的大灶燃起熊熊大火。前往村郊墓地的隊伍無止境的延伸，而那對殺了人的夫婦也一臉肅穆的加入送殯行列。

閉上眼睛聆聽啜泣聲，那彷彿化成海礁的尼姑與海女的哭聲。裕美專心的念著經文，腳底那岩礁的冰冷感又再度復甦，洞穴的惡臭與惠二郎的腐臭混雜在一起。那天與惠二郎一同被撈起的魚全都被處分掉了，因為那些魚全都吃了惠二郎的肉。大量的死魚翻著閃閃白肚，又回到了大海。

在頭七來臨之前，裕美數度偷偷從惠二郎家門前通過。她拋撒著在錦藏家相當珍貴的米粒和豆子，希望讓許多小鳥都飛來這裡。而由於錦藏總愛把「妳到底還要花掉我多少錢啊！」掛在嘴邊，因此為了避免讓他瞧見，她只好每次都偷帶少許米粒出來。她這麼做純粹是為了這個島上特有的頭七習俗。

這個島上的居民會在喪家門口，擺設裝有炭灰的盆子。如果炭灰上有小鳥的足跡，就代表死者已經成仙。因此她衷心祈求惠二郎能夠成仙，同時也希望他不要變成厲鬼。

錦藏依舊搭著船主家的漁船出海，但臉色卻從原本的精悍黝黑變為暗沈發黑，這究竟是因為想著船主兒子的緣故呢？還是太過思念被自己賣掉以便為裕美贖身的船呢？但是，現在的他既不去岡山玩女人，也不再夜訪同村的寡婦或姑娘，更不會無緣無故毆打或怒斥裕美了。

裕美對於這樣的錦藏雖然感到厭惡，但也覺得有點悲哀。更何況，即使她與這個男人分開而離開這座村子，也只能回岡山重作馮婦。假如真是這樣倒還算好，但搞不好會墮落成妓女呀，最慘的情況則是說不定會被當作殺人共犯而身陷囹圄。

瞇著眼仔細瞧，透過海面的波光，看到了岡山夜裡的燈紅酒綠。對面就是長濱村，緊鄰旁邊的則是岡山市。為何如此遙遠呢？裕美不禁熱淚盈眶。明明就是視野所及的距離，她卻無法游回去。

——惠二郎的頭七終於來臨。裕美心想，炭灰盆應該會在黎明時分就被端出來，於是便趁錦藏熟睡之際悄悄出門。海鳥一大清早就熱鬧的鳴唱著，還有麻雀和雞鳴聲也不絕於耳。裕美衷心祈禱那炭灰盆上有著小鳥的足跡。如果小貓靠近，一定要趕跑，也不能讓狗靠近，得在路上撿個樹枝才行。

位於高台上的惠二郎的家，想當然爾是棟鋪著厚實茅草屋頂的豪宅。裕美邊喃喃自語著，我不可能有幸嫁入這種家庭吧，邊慌張的環顧四周。她想著如果惠二郎回應的話，那該如何是好呢？倘若他真在的耳邊小聲說著：希望妳能當我的老婆，那又該跟誰求助才好呢？

海風不斷沖刷的沙灘上，此刻只有裕美的足跡。聽不到女人的哭聲。被染成水藍色的大海中，海礁隱約可見。裕美告訴自己千萬不要看。

門牆前的石頭上，擺著個盆子。裕美小心翼翼的走近，鼓起勇氣向內窺探……然後，裕美當場崩潰了。彷彿遭到錦藏毆打般縮成一團，拚命壓抑住尖叫聲。樹枝從她手中滑落，就像生鏽的菜刀般刺進了沙堆裡。

從海礁的方向，飄來一股生鏽的臭味。緊閉雙眼蹲著發抖的裕美肩上，壓著一隻冰冷的女人手，腳邊則有個光頭女人攀爬過來。啜泣聲從她的嘴邊逸出。她就那麼被尼姑和海女緊緊抓住，趴倒在沙堆中。

那盆子裡的炭灰上，既不是禽鳥也不是貓的足跡，而是清楚印著似曾相識的細小歪斜的左腳足跡。

好不容易慢慢站起身的裕美，環顧著四周。沒有任何人影，空無一物。除了混雜海沙的風吹拂著枯瘦松樹的聲音之外，別無其他聲響。但是，耳邊卻飄來不屬於陽界人類的呼吸聲。

「下次在海礁落腳的，是裕美喔。」

從足跡傳來令人懷念的溫柔細語。

「妳會因為想念我而哭泣嗎？」

綿延到天邊的沙灘上，只有裕美獨自一人呆站著。越來越靠近裕美的，是那拖著單腳走路的腳步聲。只有小小的左腳足跡空著小小的間隔，逐步接近裕美。那足跡像是要把裕美包圍起來似的連成了圓形。彷彿是在捉弄裕美，不要讓她逃走似的。當裕美回過神來時，除了灰盆之外，連沙灘上也全都是那足跡。

裕美嚇得奔跑了起來，踏著那小巧可愛的足跡，在沙灘中亂竄。那乾渴的喉嚨發不出一絲喊叫聲，而雙腳也越來越靠近海邊。當腳指尖觸碰到冷冽海水後，接著是膝蓋、大腿到腰部，裕美在轉瞬間便被大海淹沒了。

在混濁的藍色海水那端，有座漆黑的岩礁。那就是海礁。不過，在那裡既沒有海女也沒有尼姑。因為，那片岩礁只為裕美而存在——。

那件事

在黯淡天色映照下，是一片貧瘠水田，以及全身沾滿泥巴的農人與老牛。圍繞在四周的只有吸血蟲，但牠們此刻正在吸食的並不是血，而是爛泥巴。

環抱這寂寥昏暗景色的，是被那幽暗天色所壓制的低矮屋簷。儘管中國山脈並不高聳，但也一望無際蔓延到天邊，形成濃郁的山影。尤其是現在這時節，不禁讓人疑惑，那片綠意是否延伸到另一頭的村莊或未知的異國，甚至是西方淨土的盡頭。然而，不論綠葉多麼青翠，綿綿霧雨下的花香多麼甜美，這僅二十戶的陰鬱村莊終究還是淹沒在泥土中。因拉鋤犁田的沈重負擔而進退兩難的老牛，苦悶時也會跟人一樣發出哀泣。此時，突然飛出一陣沙啞的怒罵聲，中斷了那美好的種田歌。

「不要亂說話，壞事會成真的！」

今天早上，哥哥利吉也是只跟妹妹小靜講了這句話。小靜一如往常的點了點頭。從這對兄妹所住的草席小屋向外看，遮住眼前平坦視野的，只有不整齊延伸歪斜的細木條與近乎崩塌的茅草屋，以及被荊棘雜草覆蓋的簡陋石堆墳墓。已行過三十三周年忌辰的老舊牌位，都被收放在郊外老朽簡陋的木堂裡，成天遭受日曬雨淋。古老亡者的魂魄在村境內徬徨，不知該何去何從，因為他們既當不了被人祭拜的神，也變不成令人害怕的鬼，死後也與泥土色的農人無異。

其中只有一個尚未滿七周年忌辰，卻已跟這些古老牌位並列祭拜的亡者。小徑盡頭有個稱不上是墳墓的土堆，有個女人被埋在那裡。那女人死了之後，讓村民們更加恐懼，連老牛通過時也會害怕得縮成一團。因為人的肉眼雖然看不到，但老牛至今似乎仍看得到那女人。

小靜從土房向外望。射入的光線明亮刺眼，但只要踏出一步，眼前又全是泥巴色的季節。明治後半的岡山北部美得動人，但也一貧如洗——。

「喂，哥哥。」

小靜今年虛歲已滿七歲，但口語詞彙卻只有幼兒程度。哥哥，除此之外她幾乎不會講，但這也已足夠，生活上並無大礙。小靜無爹無娘，唯一的親人就只有年紀相差一輪的哥哥利吉。而且，村民們大都不想跟小靜講話，就連與她同齡的孩子們，也只會遠遠的朝她丟石頭而已。

小靜不用說話，因為利吉光是從她的舉動及手勢，就能明瞭她在想什麼。今天早上他也是在小靜剛睜開眼，凝視著小屋外面時，便立即迸出了那句話。

因為那時的利吉，跟小靜一樣看到了那東西。

小靜面無血色的呆坐著，利吉則是一臉沈著。不，是凝視著那東西而毫不畏縮。那東西位於小屋出入口，在荊棘滿布的草叢裡，吐納著野獸氣息，一動也不動的佇立著。

小屋裡太過陰暗，因此望向外面時，茂密的草叢、遠處的山景與荒涼的小徑，全都籠罩在白色日光中。其中，僅有一點是陰森黑暗的。

當意識到時，那東西似乎已出現在那兒，可一旦刻意觀察，卻又立刻消失無蹤。

「不要亂說話，壞事會成真的！」

利吉以一副若無其事的態度轉過身去，蹲在灶前添加柴火。在那直接就地圍起牆板，敷衍了事似的隨便用稻草覆蓋的小屋裡，地爐根本放不下。出入口旁有個用泥土碎石做成的矮灶，他們就在那炊煮食物。而在寒冷季節時，他們則會在灶旁睡覺。就連白天也相當幽暗的小屋裡，那是唯一明亮的地方。

小靜不知為何，總是害怕靠近那灶旁。雖說夜間因為有哥哥陪著睡在一旁，所以小靜也會睡在灶旁，但她平常是一點都不想靠近的。話雖如此，但這間簡陋小屋畢竟只有兩坪大小。就算再討厭，還是會映入眼底。因此，小靜總是拚命待在遠離灶邊的屋內暗處。

儘管那麼深惡痛絕，但小靜今早還是比哥哥先醒來，而且一不小心便往灶所在的方向望去。正確來說，它其實是在外頭，但小靜卻總覺得它就躲在灶裡。小靜確信：家裡的灶中有個恐怖的東西。不是在灶裡，而是在灶旁。

「不要亂說話，壞事會成真的！」

哥哥，那是個壞東西嗎？不過，既然你總拿壞事會成真這句話來嚇唬我，那它應該是個夢嘍……可是，小靜不覺得那是夢，它是真的存在呀。

小靜拿起不斷冒出沸騰水氣的缺角的碗，嘴裡喃喃念著。只能當日薪佃農的利吉，薪水相當微薄，能夠像今早這樣煮裸麥稀粥來享用，已經算是非常難得了。至於與啃稻草沒兩樣的蕎麥丸子，則是只要能吃上一口就必須心懷感謝了。如果連這些糧食都沒有時，他會到雇主家乞求餵牛的牧草以捱過飢餓。若是連這都沒有時，他就只能束手無策地在那快要崩塌的小屋中呆坐了。因為即使是雇主家，一升的飯裡頂多也只混攙兩合（一升等於十合）的米而已。

在這村子裡難得有豐收的好年冬。因此每當罕見的金黃色稻穗迎風閃耀時，村民們反而心生恐懼。聽說如果竹子開花，隔年的稻子或許就無法結穗了。而不管飢荒持續幾年，人們都不可能會習慣的。

確認過火苗後，利吉捲起掛在出入口充當門扉的草席。天色才剛亮，卻已充滿了盛夏時節的光照與熱氣。利吉用手帕當頭巾綁在頭上，捲起骯髒的上衣下襬，毫不猶豫的走了出去。

儘管那妖怪之類的東西還在外頭，但沒有多餘的時間去煩惱了。待會兒吃過寒酸的早餐後，他們兩人就必須立刻前往田地。因為利吉必須比所有的佃農都早到，還要比所有的牛都全身泥濘才行。

「哥哥！」

打赤腳的小靜追了上來。利吉使勁的抱起她。早已汗流浹背的哥哥，身上傳來濃厚的體味，跟小牛或小狗的味道類似。被這股味道包圍，是小靜一天當中最喜歡的時刻。因為等到哥哥到田地幹活之後，將會累得抱不動她。

利吉所吃的東西比牛還不如，而且比牛還要辛勤工作，卻長得比村裡任何一個男人都還高壯。他的力氣驚人，不但能跟牛一樣搬運重物，也能拉鋤犁田。而身材固然瘦削，但那曬成紅銅色的背部和手臂上卻是青筋突起，顯得異常強壯。

「你一定很期待徵兵檢查吧，因為會最先被派到中國去呀。」

村民們總是這樣揶揄著利吉。那話語中雖然隱含著對利吉強健體魄的歆羨之情，但是恐懼的意味更加濃厚。利吉小靜這對兄妹雖不至於慘遭全村明文公告隔離，卻無法參加村民們的婚禮或喪禮，甚至連祭典也從未被邀請過。到了利吉這歲數，與村子裡年輕姑娘私通幽會是很普遍的，但他卻被排擠在外。而且，他們還將用鐮刀割草的粗活全都交給利吉。在快被烤焦的烈陽下，從早到晚都匍匐來回於泥巴田裡，最終卻只能領到兩合全是裸麥的黑米飯而已。

小靜則是從三四歲開始，就被使喚做些汲水和照顧小孩的工作，她那尚未發育完全的柔軟小腿也因而變得彎曲歪斜。儘管如此，兩人仍比老牛還乖順的、默默的趴在地面工作。但是，利吉終究不是條牛，村民們都暗自想像著，利吉哪天突然發瘋而舉起鐮刀亂揮的畫面。即使是牛遭受殘酷對待，也會全力抵抗呀。更何況誠如村民們所說，利吉與小靜畢竟是那女人的孩子呀。

事實上，村民們並非害怕利吉，而是懼怕那生下利吉與小靜的女人——。

「哥哥，今天是去月之輪嗎？」

在哥哥的臂膀裡，小靜微微張開了眼睛。這片靠近郊外而被陰森樹林環繞的濕地，不論天氣多麼晴朗，都總是陰沉而幽暗。森林的另一頭，有個供奉古老神像的廟堂，還有座遭到大家忌諱的墳墓。而森林前方就是那片小田地。

「對，要去月之輪。」

看來稀鬆平常的田地，卻被取了如此特殊的名稱，月之輪。那是條妖魔通行的道路，也是個鬼怪棲息的地方。

利吉的舉動和表情都絲毫未變，在可俯視月之輪的微高田埂上停了下來。小蛇穿梭於恣意生長的雜草之間。利吉出聲回應之後，便把小靜放了下來。小靜立刻在潮濕的田埂上坐定。在雇主一家抵達之前，小靜暫時沒有雜活要做，但哥哥就不同了。他已經奔走在田埂間了。利吉在這段無人抵達的期間裡，有件必須先完成的重要工作。這是唯有不怕妖魔作祟及骯髒污穢的利吉才能做的事情。

將堆好的稻草分成小堆，再平均綁成十二束。利吉小心翼翼的將稻草堆搬到田裡，細心擺成圍繞田地的形狀。月之輪並不是個神聖的地方，而是個遭人忌諱、恐懼、厭惡的不祥之地。儘管如此，但這裡畢竟有好幾塊田地，需要有人來插秧、照顧和收割。在貧窮小村子裡，是沒有田地可供荒廢閒置的。

自古以來，月之輪就被認定為「牛與女人不得進入之地」。至於理由則無須多做解釋，因為這裡被取名為月之輪啊。這裡究竟從何時開始變成月之輪，就連村裡的耆老也不知道。不過，每個孩子都明白，這個地方今後將會繼續成為月之輪。因為有女人踏進來了，她讓這片不潔的土地變得更加污穢沈淪。

就在小靜開始學走路的時候，有個女人橫死在那片月之輪的正中央，是個以鐮刀割斷喉嚨、仰躺在泥裡的女人。村民們表面上避諱談這話題跟這女人，但卻無時無刻都持續談論著。據說當時出現了三個微笑的唇型。首先是月亮，像鐮刀般白淨細長的新月，掛在淡灰色的天空上。接著是那女人脖子上的傷口，那被割成新月形又長又深的傷痕，不斷冒出泡沫，聽來確實很像是笑聲。最後則是那女人臉上的唇型，她的嘴巴張得好開，彷彿在大笑。

臨終前一定很痛苦吧……不會吧，那女人還笑著呢。只是，都沒人幫那女人辦喪禮，她就馬上被帶到郊外埋葬了。那女人有兩個孩子，他們現在也在這村子裡生活著。而那女人則在郊外繼續大笑著……

那女人，就是利吉與小靜的母親——

在等不及東方的天空染上淡青色之前，陽光已變得刺眼。不管是老男人還是年輕人，都以一副皺紋滿布的黝黑面孔，默默的走向這裡。這片月之輪農地，女人與牛是不能進來的。在利吉用稻草束圍成的邊界中，只有男人才能進入耕作。

擁有這片月之輪農地的地主叫做由次，是個沒壞心眼也沒慈悲心，約四十多歲的矮小男人。由次很自然的將背上的嬰兒連同背帶交給小靜。由次夫妻連續生了五個女孩，每個都送到其他村子當媳婦了。他老婆奈賀去了別的田地，而這期間照顧小孩的工作就由小靜負責。奈賀年過四十還懷了身孕，這次想著無論如何總該是男孩了吧，卻又生下了這個六女。因此，他們才把看顧小孩的工作交給小靜。

小靜用手帕綁起頭髮，以免嬰兒亂抓，而幫忙繫好背帶的，則是最年長的竹藏。這個矮小的老人，有張彷彿用捏皺的茶色和紙拼貼而成的老臉，大家都叫他竹爺。在這村子裡，竹爺是少數願意跟小靜和利吉講話的人。另外一人則是現在也跟奈賀在同一個田地裡工作的竹爺老婆。這個被稱為竹婆的老婆婆，不論長相或個性都跟竹爺相像。

「竹爺，我想問你。」

小靜很難得主動開口講話，因此，正從田埂往下走的竹爺立刻停下來回頭看。在對面默默插著秧苗的男人們，形成了一團黑影。趴在地上像頭牛般耕田的則是利吉。

「……有牛變成的怪物嗎？」

竹爺維持原本的姿勢，只有眼角的皺紋稍微動了一下。

「妳應該是說『那件事』吧。頭是牛，但身體卻是人類。怎麼啦？做噩夢尿床，惹哥哥生氣了嗎？」

今天竹爺的笑紋看起來有點像傷口。小靜背著哭鬧的嬰兒一動也不動，盯著遠處的某一點看。乍看之下，那視線彷彿是凝視著哥哥的方向。

「是幹了什麼事的怪物呢？」

才不是呢，小靜現在不是在看哥哥。竹爺卻仍咧著沒有牙齒的嘴笑了。

「出生在不好的時機，並且在告知不祥之事後就死掉的怪物。」

小靜的視線和表情都沒變。在溫暖潮濕的風兒吹拂下，她依然凝視著哥哥身後那東西。或許是已經習慣小靜平常的舉止吧，只見竹爺嘿啊了一聲，便走下田埂去了。

出現在小靜的視線方向的，究竟是什麼呢？她現在所看到的怪物，肯定就是今早佇立在她家門口的東西。黎明時僅能看到陰影模樣，但像這樣出現在太陽底下，輪廓應該就很清楚了。

就是那個……小靜明明想這麼說，卻說出了其他的名字。而在她脫口而出的瞬間，那東西也消失了。

「娘。」

是個頂著全黑牛頭的女人。既然是個牛頭，為何知道是娘呢？小靜對母親毫無記憶，也毫不依戀。利吉或許還多少有點回憶或想念，卻從未提過，也不曾去掃墓。但奇怪的是，在他們的腦海中母親死掉的情景依舊清晰如昔。

在這僅二十戶的村子裡，從三代前的不祥事蹟到昨夜晚飯的菜色等，都在每個人的耳裡流傳著。儘管被村民們排擠，但每晚都有男人來家裡與母親私通這事，也傳到了小靜兄妹的耳裡，據說他們的父親並非同一人。

而且，關於小靜父親的奇怪謠言，小靜從懂事開始就知道了。據說兄妹兩人的母親頗具姿色，但個性卻天生瘋癲豪放，在利吉剛滿十歲時，她就常做出一些彷彿被妖魔附身的詭異舉動，以致連夜裡來私通的男人也都被嚇跑了。既然這樣，那她究竟是如何懷上小靜的呢？說到利吉的父親，大概還有點脈絡可循，但小靜的父親可就無人知曉了。

「大概是牛的孩子吧！」

說出這句話的，是奈賀。奈賀對兩人的厭惡感，比誰都還明顯。因為由次也曾在夜裡私會過他們兩人的母親，又剛好擁有那片不吉利的土地——月之輪，而且那女人還偏偏在那裡自殺，因而讓她憤怒不已。但奈賀與由次仍雇用利吉與小靜，因為可以把他們當牛一樣對待。

在田裡幹活的利吉突然站起身，轉向這邊。這讓小靜驚嚇到彷彿被毒蟲刺到似的。她明白哥哥想說什麼——不要亂說話，壞事會成真的。

……該怎麼辦才好呢？哥哥，我不小心亂說話……

在山巒也被夜色塗成一片漆黑之際，利吉與小靜終於能夠回家了。兩人累得像爛泥般癱軟無力。在這樣的季節裡，打赤腳的腳底居然冒起寒意。兩人都沒有交談，就連無意間看到的那怪物，都沒有再提起過。

——隔天，那可怕的妖怪既沒出現在他家門口，也沒出現在月之輪。但是，小靜卻遭遇到比牛頭怪物和亡母幽靈還要可怕的事情。

「從明天開始，哥哥就不在了，也不知道何時會回來喲。」

利吉其實還沒輪到徵兵檢查，但他決定加入志願兵從軍出征。小靜在毫無所悉的情況下被告知，而且只有短短的幾句話。事實上，小靜的確什麼也不瞭解。她既不知道海洋的另一端有個叫做清朝的國家。也不知道日本即將與那個清朝展開戰爭。還有哥哥不在期間，她將寄住在由次家的事情也一樣。

面對連尖叫抗拒都做不來，只是全身發熱顫抖的小靜，利吉一句又一句的好言相勸。

「再這樣下去，我們都會餓死的。我去從軍的話，就有得吃啦。由次家也會供給小靜伙食的。而且如果哥哥立下戰功，除了竹爺竹婆之外，大家也都會對我們很好喔，還可以參加祭典呢。」

「哥哥如果死了，我怎麼辦？」

「不會死的，我絕對不會死的。」

一股寒意襲向小靜的背脊。隔了好一會兒，她才意識到這可怕的事實。因為那黑影的頭上居然長了詭異的角，而那黑影不知是利吉本身還是他的影子。

「是他們告訴我的喲。他們說我絕對不會死，日本也絕對會打勝仗的。」

黑暗中，哥哥的眼睛變得異常巨大，猶如野獸的眼睛般。

「他們全都告訴我了……包括月之輪的『那件事』。」

包含利吉在內，這個村子一共被徵召了二十三人。志願兵則只有利吉一人。用慣的鋤頭換成了陌生的陸軍小槍，岡山的步兵軍隊首先被送到廣島的宇品港。小靜為哥哥送行只送到村交界的坡道。全村的村民幾乎都到齊了。衣襬反摺、手帕蓋頭、一副莊稼漢打扮的村民們，和身穿黑色軍衣的男丁們，簡直就像生活在不同世界的人。但其實到昨天為止，那些穿著黑色軍衣的男丁們，也是捲起破舊條紋窄褲管露出小腿的裝扮呀。

被竹爺背著的小靜，混在載歌載舞的人群中。眼前，乾瘦的村長正跳著生硬奇怪的舞蹈，但那也是歡慶的舞蹈。平日被太陽和泥巴弄得皮膚黝黑到不輸男人的女人們，只有在今天才撲上白粉，像戴上面具般強裝堅強。

利吉戴著頂讓人看不慣的帽子，在沙塵中醒目的站立著。比起落在腳邊的影子，利吉更顯得黝黑。小靜害怕的並不是哥哥，而是哥哥的影子，於是她立刻低下頭躲在竹爺那瘦骨嶙峋的背後。

一旁的竹婆低聲嗚咽著，但現場其實並沒有竹婆的兒子或孫子。

「我把大家都當成我的孩子呀，好想哭，卻不能哭呀。」

聽到那斷斷續續的抽泣聲，女人們也跟著哭了起來。好幾個黑色軍裝的男人顫抖著肩膀強忍住，有個女人迸出像笛聲般尖銳的哭聲。孩子們則只是呆然佇立著。

竹爺竹婆有三個兒子，一個死在西南戰爭，一個在七八年前縣內流行霍亂病時病死，剩下的一個則說要去神戶工作就離家出走了，已經將近三年不知去向也生死未卜。或許是看到了從坡道走來的三男幻影吧，竹婆伸出了雙手嚎啕大哭著。

小靜依然把臉埋在竹爺堅硬的背上。並不是因為離別的痛苦或對未來的不安，也不是悲憐即將前往未知的國度殺人或被殺的哥哥，而是在小靜的脖子上，有個東西正吐著腥臭野獸般的氣息，讓她感到噁心極了。

結果，小靜沒能跟哥哥說上半句話。利吉只向由次夫妻和竹爺竹婆簡單致意。即便沈默不語，利吉還是十分明白小靜的心情，因此他才選擇什麼也不說。小靜喊在嘴裡未出聲的話，完整的傳到利吉耳裡。

「哥哥好可怕喔。」

當小靜被竹婆搖晃提醒而抬起頭時，黑色軍隊已經走下塵埃飛舞的土黃色坡道。儘管腳步不甚整齊，但正腳踏實地的往死亡之路前進。走在隊伍前頭的是利吉。小靜的前面或背後，已沒有任何奇怪的東西，只有金黃色的風吹拂耳畔。當小靜知道塵埃那頭的哥哥再也不會回頭望時，不禁低聲啜泣了起來。黏在她臉頰上的沙粒被眼淚融化，形成一行骯髒的淚水。竹爺溫柔的用那全是補釘的袖子幫小靜擦掉眼淚。在耳朵深處，乾燥的風聲呼嘯而過。歡樂的歌舞聲與啜泣聲混雜在一起，小靜的確從中聽到了牛的咆哮聲——

「日本會打敗清朝的！」

不管是由次、奈賀或其他佃農們都這麼說。村子裡的男丁出征都還沒過幾天，村裡唯一一戶購買《中國民報》的村長家便傳來戰況，並在當天就傳遍整個村莊。每個村民都像是親眼看到般的述說著。

「朝鮮的牙山已經被日本軍隊占領了。」

小靜望著天空想，如果登上了中國山脈的某座山，就能看到朝鮮嗎？在異國的大雨中，那從漆黑丘陵上飛射過來的砲彈，哥哥要如何才能躲開呢？小靜隨手把腳邊的石頭丟向草叢。

「利吉一定會完美達成任務的。」

只有竹爺和竹婆才會這樣安慰小靜。她就像隻驚弓之鳥般顫抖著。小靜終日在各種雜事中奔波忙碌，經常累得彷彿遭到炭袋壓頂般精疲力竭，因此，她最大的樂趣，就是在田裡或路上遇到竹爺竹婆時閒聊幾句而已。在稍微能喘口氣休息的日落時分，小靜與竹爺雙手合十面向朝鮮方向。被陽光照射成紅銅色的山脈表面，彷彿擦破皮般紅腫，這裡畢竟不是個雙手合十祈拜神明的好地方。

——時序進入酷熱的夏季。村人們並沒有熱切期盼著戰爭的勝利。在視野所及的農田裡，都開始出現龜裂痕跡。津山川缺水的消息並不只是謠言，因為任誰看了都明白，這樣下去肯定會發生嚴重旱災。

距離盛夏還有一段時日，但為何會如此炎熱呢？烈日當空，汗不是用流的而是不斷湧出。聒噪的蟬鳴猶如子彈聲般此起彼落，就連夏天盛開的花也盡是枯萎，原本應是綠意盎然的稻葉也枯黃了，村子裡連日來都在舉行祈雨儀式。

如此乾渴的日子，小靜究竟是如何度過的呢？她其實不大記得。因為疲憊在肩膀及腰腹不斷累積，飢餓則喚來了無止境的暈眩。目前借住的農家，是之前與哥哥同住的小屋無法比擬的大宅院。儘管雜草蔓延，但屋頂以堅固的茅草覆蓋著，陣日摩擦得黑亮光澤的木地板上，裝設著終日燃燒著熊熊火焰的地爐，對面則鋪著紅褐色起毛球的榻榻米。不同於那與身材高大的哥哥同樣高度的小屋，支撐這大屋頂的梁柱，是以厚實木材縱橫交錯組合而成，在高高天花板上的沈重陰影，讓人即使在大白天也感到害怕。

在土房右手邊角落的大灶旁，擺放著佃農或傭人不可能吃得到的白米袋。只是，那雖然近在小靜眼前，對她來說卻是遠在天邊的景色，因為小靜的住處和床鋪是在牛棚裡。

這一帶農家的牛廄大都安置於屋內，牛馬飼養於家中土房裡。小靜負責照顧一頭農耕用的牛。進入大門後的左側，以堅固橡木棒交錯做成柵欄，被裝上栗木鼻環的那頭牛就是被拴在這裡。雖然吆喝牛隻在田裡幹活是由次和佃農在負責，但是將稻草乾草剁成飼料再裝進飼料桶餵食，則是小靜的工作。

知道要跟牛睡在一起時，小靜一點也不害怕。這頭黑褐色的牛個性安靜沈穩，總是露出哀傷濕潤的眼神。與那隻不祥的牛有如天壤之別，牠只是頭平凡無奇的牛。不管撫摸牠哪裡，都能感覺到血液的脈動與心臟的跳動，同時也溫熱了小靜的心。

牛棚屋頂正上方的茅草已掉落，可以看到天空。風吹日曬也直接摧殘著牛棚。小靜依偎在側躺著的老牛腹部旁，一起吹風淋雨，也一同眺望月亮。即使充斥著潮濕稻草與糞便臭味也不要緊，小靜撫摸著起伏的牛腹，光是這樣就覺得好滿足。老牛身體巨大，溫厚強壯，總是很開心的從小靜手裡接過飼料吃。小靜這才知道，原來普通的牛是如此的溫柔呀。

小靜跟牛一起作息，有時還跟牛吃著相同的稗子，只是小靜所吃的沒有攙入炭灰而已。小靜絕對不能從土房走到榻榻米上，這跟牛絕不能進房的道理是一樣的。差別只在於小靜有名字，而牛永遠被叫做牛罷了。小靜與牛一起趴在稻草堆上，看著地爐裡揚起食物香氣的沸騰湯鍋，以及奈賀在榻榻米房間裡縫著嬰兒衣物的模樣，但她並沒有特別痛苦的情緒。只是，每到夜裡緊閉著的紙門上，總會倒映著可怕詭異的東西。

被燻黑的白紙門上，映照著歪斜而伸長的奇怪影子，比起真實的人類，那隨著冷清燈火搖曳的影子更加栩栩如生。不，那只是自己想像中的牛頭人身倒影而已，小靜這樣想著。

不過，影子是不會打人的。經常拿著趕牛的棍子毆打小靜的，則是活生生的奈賀。大概是認為小靜比牛還不如吧，由次對於這景象總是連看都懶得看一眼，可說是視若無睹。也就是說，他們把彼此都當成影子看待。

「雖然妳哥也一樣，但是妳真的跟這村子裡的任何人都不像呀。」

這是奈賀在情緒激動時的口頭禪。因為她知道自己的丈夫曾經與小靜母親私通過，所以她等於是在自我安慰：小靜的親生父親並不是自己丈夫。

「妳娘啊，就連妖怪和畜生都來者不拒。妳八成是牛的孩子吧！」

今天小靜在背嬰兒時不小心跌倒，因此被奈賀用勺子痛毆，還被憤怒不已的奈賀如此咒罵。趴倒在地的小靜心想著：果真是這樣就好了，然後輕輕地擦掉鼻血。至少溫厚的老牛或可愛的小狗比牛頭妖怪好多了。

在這裡與牛一同作息後，突然喚起了小靜曾經有過的那段奇妙記憶。當我娘還在世時，在那家裡也有一頭牛，就在灶的後方——。

日本對清朝的戰爭持續獲勝，水源也持續枯竭，然後又到了收穫的季節。今年當然也是歉收。瘦弱的金黃色稻穗，比四周的雜草還低矮。缺水龜裂的農地土壤，與萬分憔悴的農民臉色相同。

栽種稻米卻無法吃白米飯的村民們，紛紛來到山谷裡挖掘葛根，進入草叢挖取竹筍，爬上田埂摘取蕨菜。無法降落覓食的烏鴉，在西方的天空盤旋著。年過四十又懷上身孕的奈賀，敲打著外面便所的壁土。小靜什麼也沒做，卻被奈賀打到勺子快斷掉。

「哥哥都是打勝仗唷，打啊打啊打死敵人。」

從昨天開始，右眼就腫到張不開的小靜，邊撫摸著凹凸不平的牛背邊自言自語著。這頭牛的確能解讀小靜的心情。只見牠緩緩的上下點頭，湊近小靜身旁。最不可思議的是，小靜的說話能力在哥哥還在時僅有嬰兒程度，但是當哥哥不在時，她卻突然變得會講話了。大概是她喜歡跟牛說話吧。

「可是傷腦筋耶。因為我都快把哥哥的長相給忘光了。」

相反的，她卻想起了那並不存在的黑牛長相，悄悄躲在灶後方的那頭恐怖的牛。

——被大雪淹沒的冬天，是個無聲無息的世界。同樣在岡山縣，南方卻鮮少有積雪。擁有肥沃土地及溫暖氣候等先天優勢的縣南農民們，就連冬天也積極的培育畜產、製作花席，還以最新的溫室栽種葡萄，拚命用小聰明賺點小錢。在這個時代，口口聲聲說要生活簡約，但他們卻只在一升的米裡頭加了四合的小麥而已。相較之下，在這個位於縣北的村莊，年老的男人們只能燒炭兜售，女人們則是整理稻草。每個人都吃遍了山裡的食物，就連橡實也不放過，因此臉色變得慘白浮腫。

用那皸裂的小手搓繩、打破結冰的河面舀水洗衣服的小靜，就連與竹爺竹婆見面的機會都沒有，她冷到頭皮都凍僵了。覆蓋在中國山脈的積雪把陰影折射成藍色，吹下山的風則被胡亂反射的光切得四分五裂。

小靜曾在結凍枯葉漫天飛舞的早晨突然昏倒，結果卻只是被由次拖進牛棚裡，換來了短暫的休息時間而已。她在發燒時總會夢到月之輪，想著自己好久沒去那地方了。那東西是否也被白雪覆蓋住了呢？那黑影在空無一人的雪地裡仍然張牙舞爪嗎？

與清朝的戰況，漸漸的就沒再傳入小靜耳裡了。跟哥哥分離超過半年之後，她已經分不清自己是否仍想念著哥哥，甚至都快不記得自己是否真有個親哥哥了。那感覺就像別人對她說：妳以前確實有個親娘喲。

跟牛一起被跳蚤咬被蝨子螫，小靜的手腳也變得跟竹婆一樣爬滿皺紋。只有牛才會依偎在她旁邊，用側腹溫熱她的腳尖。儘管沒有殷切期盼，但早晨的水突然變溫暖、小花瓣競相綻放的春天居然來臨了。這個春天就如同「那件事」的預言，日清戰爭最後由日本取得勝利。

竹爺竹婆那不孝的三男還是沒有回到他們的跟前，而身為國家驕傲的軍隊則開始陸續返鄉了。那一戶的兒子與隔壁的女婿都意氣風發的回來了，春天飄散著許多吹雪般的櫻花瓣。

然而，今天等過明天，卻有人遲遲未出現。有謠言說，二十三人當中有七人還沒回來。但根據戰死的通報看來，有六人確實已戰死沙場。剩下利吉一人生死未卜。

「應該是死了吧！」

抓著一頭雜草般的亂髮，奈賀不屑的說。她側躺在地爐前，恨恨的瞪著牛棚裡的小靜。奈賀在秋天拿掉了一個孩子。雖是特別從津山請來頗受好評的墮胎婆，但奈賀就是從那時開始變奇怪的。墮胎過程相當順利，但當那有如掌心大小的胎兒被酢漿草的莖刺了一下而滑流出來時，理應守口如瓶的墮胎婆卻說了句話。

「早知道是男嬰的話，就讓妳生下來了。」

用草蓆包裹埋在柿子樹下的胎嬰，兩腿之間有著小小突起的男性特徵。奈賀晃動著像蓬草般的亂髮，眼眶雖然凹陷，眼睛卻是炯炯有神。

「去死吧！去死吧！大家都去死吧！」

小靜默默的切著飼料葉。奈賀將照顧開始蹣跚學步的女兒的工作全都交給小靜與竹婆負責。現在那女娃正乖乖的睡午覺，但開始哭鬧時，就非得要小靜背著哄弄才行。老牛用濕潤的鼻子磨蹭小靜的手。

「山裡的紫藤開始開花了。唉呀，真是討厭，那花一開，蜈蚣和千足蟲就會出來了。」

奈賀的亂髮隨風飛舞，身後的紙門搖晃。這個時節，月之輪大概也飄著香氣濃郁的花瓣吧！小靜比哥哥還莫名眷戀著月之輪，或許因為不相識的母親在那裡吧！

躺在牛腹旁，吃了蕎麥丸子當晚餐後，小靜立刻沈沈睡去。方才還哭鬧不停的嬰兒、莫名尖叫而遭由次毆打的奈賀，也都進入夢鄉了。牛的肚子安靜的起伏著。全村都陷在連針掉在地上都聽得到的寂靜裡。只有從屋頂破洞照入的月光獨自閃耀著。

小靜夢到了比老牛體溫還溫熱的夢。有頭全黑的牛奔跑著，捲起漫天塵埃卻無聲無息。牛背上坐著一個女人，女人以白色衣裳的袖子遮住臉龐，那頭長髮光澤豔麗，從短衣襬露出的雙腳非常纖細。儘管遮住臉，卻仍看得出是個美人，且不知為何令人心生恐懼。

是娘。小靜直覺那就是她娘，但卻喊不出口，因為她害怕那張臉會從袖子後露出來。不要來這裡，不要讓我看到臉，饒了我吧，娘。

……恍若從水底浮上水面般驚醒，小靜全身發冷，但並不是因為睡到冒汗的緣故。從門口照進大量的藍色月光。大門敞開著，因為那裡有個黑漆漆的影子堵在門口。

那黑影並沒有牛頭，而是個活生生的男人。小靜緊緊縮在牛的側腹邊，努力屏住氣息。

那黑影從小靜的頭頂上橫越，帶著微妙重量感的腳步聲，既不是赤腳也不是草鞋。小靜她怕一旦四目相接就會遭到毆打，甚至被殺。

咬牙忍耐著。是那天在郊外坡道上聽到的腳步聲，是除了軍隊以外沒有人會穿的軍靴。

沈重的腳步聲在院子裡前進著，就這麼走上一段階梯。躲在牛腹邊的小靜，戰戰兢兢的微微張開了眼睛。紙門上倒映著皎潔月光，突然出現一條像筆畫過似的黑線，蠢蠢欲動著。那是奈賀最討厭的蜈蚣，令人作嘔的毒蟲。

紙門不出一點聲響的被打開了，慘白的紙上浮現了詭異的影子。小靜絲毫不敢眨眼，眼前是活到現在所看過最恐怖的影子。那男人似乎舉起了鐮刀。為何這男人的頭如此巨大，而且還長了角呢？

那不祥的影子發出野獸般的怒吼，持續咆哮著。小靜壓抑住不成聲的哀嚎。彷彿用毛刷甩出水滴般，在紙門上刷了一道紅色痕跡，是在夜裡也相當醒目的鮮紅。小靜的視線從漆黑塗成了鮮紅色，頓時目眩的她緊緊抓住牛的肚子，不停抽搐。

只有耳朵捕捉到這齣慘劇。赤腳在榻榻米上摩擦的聲音。某個沈重潮濕的東西倒在地上的聲音。衣櫥抽屜被丟出的聲音。切斷柔軟嗓音的聲音。割斷堅硬骨頭的聲音。最後則是激烈的破裂聲。一陣差點踢破紙門的氣勢，門被用力打開了。小靜不自覺的起身，張開了眼睛。

那黑影就矗立在眼前，一動也不動的凝視著院子角落的牛棚，因為他發現還有個活口。小靜嚇得不敢呼吸，但也無處躲藏，只能全身僵硬的蜷縮著。但是，無論如何屏住呼吸，激烈的心跳聲還是暴露了行蹤。身後牛腹的起伏方式與方才不同了。牛也是醒著的，牠察覺到有怪人入侵，但卻沒有哞叫，顯然是為了掩護小靜。

踏在土房地上的聲音越來越接近。這個比夜晚比黑暗還要漆黑的東西，透過稀少的月光窺視著小靜。目眩眼盲的小靜什麼也看不見。眼前只是一片闇黑。閃閃發光的並不是月亮，因為月亮正躲在雲的後方。在伸手不見五指的漆黑中，那鐮刀的刀刃閃耀著亮光。

……然而，那竊賊並沒有舉起鐮刀。停留了片刻後，他便穿越那片泥土地，以沈著冷靜的動作把門關上，然後離開。

四周再度恢復寂靜。一切都發生在須臾之間。乾澀的聲響傳來，紙門倒下了，門框斷裂，紙片則被臨死前的痙攣的手給撕破了。嬰兒與由次完全沒了聲響。只聽見奈賀微弱的呻吟聲。奈賀猛抓著紙門，用盡最後一絲氣息說：

「小靜啊，那就是妳的……吧！」

妳的？接著就沒聽到了。因為老牛突然哞叫起來，彷彿是為了不讓小靜聽到那句話。月娘從被西風推擠的雲層縫隙中探出頭來。沾滿鮮血的手抓住了殘破的紙門框架。暗夜中，只有那雙手與月娘是白色的。終於爬上門框的蜈蚣穿梭於白色指頭間，跌落在榻榻米上，牠是想追趕那個男子嗎？只見蜈蚣牽引著斑斑血跡，向前蠕動著。

——翌日。在前來割草的佃農們發現慘劇之前，小靜都一直蜷縮在老牛的腹部下方。一開始，驚惶失措的他們以為小靜死了，因為小靜的臉比紙門還慘白，而且像具屍體般僵硬不動。

佃農們連忙前往派出所報告這件事。當獲得津山署的協助，派來大批警力時，已經是隔天中午了。

「這裡不准進入！」

即使那幾位看似威嚴的巡查大人立起好幾支三尺高的木棒，看熱鬧的村民們還是魯莽的從土房前面或走廊闖進去。因為這是個除了戰爭之外，鮮少聽聞血腥事件的偏僻村子。沒錯，這是自從那女人在月之輪自殺以來的凶殺事件。

正因如此，聚集在這裡的人潮比為出征士兵們送行時還要多。由於是命案現場，裡面的榻榻米房間已用繩子圍起來，再加上有佩劍的巡查大人站崗，所以不能隨便進入。緊接著有人開始誦經，誦經聲便像那蜜蜂的嗡嗡聲般向外擴散。在這還是泥土色的季節裡，取代了種田歌被四處傳唱的，是送給死者的歌。

由於只有小靜是一副孩子般的童顏，所以大個子的巡查大人便抱起她讓她坐在地爐前。最初的報告是有四名死者。但第四人卻以存活證人的身分接受保護。小靜雖是生平第一次登上地爐內側的木地板房間，但她沒有多餘的心力去想這件事。她期盼著至少竹爺或竹婆能夠在身邊，但兩人卻遲遲沒有出現。

每個巡查大人都戴著沒有帽緣的帽子，身穿木棉材質的黑色服裝，那裝扮幾乎與士兵沒有兩樣。倘若被問到昨夜的犯人是否還混在這人群之中，小靜大概會點頭吧。多希望犯人真的還在這人群中，她咬著尚未恢復血色的嘴唇想著。

在這段期間裡，小靜也被問到昨夜的事情，但她卻無法開口說話。巡查大人們當然是以小靜尚未從恐懼中平復來解釋。因此，小靜由最年輕的巡查大人盡可能的溫柔抱著，拍背安撫。但任何巡查大人都想不到，小靜其實不習慣被溫柔對待。明明就還稱不上是夏天，但今年卻早早就進入梅雨季，空氣也變得濕潤。原本，炎熱的夏天會影響到豐收與否，理應高興才對，但在場的巡查大人卻沒有人露出笑臉。到最後終於有人開口說話了。

「……真是令人想不通呀。既然大門敞開著，大家不就都可以進來了嗎？」

由次全家慘遭殺害明明才是昨夜的事，屍體卻已經開始腐臭。跟稻草堆肥或人糞不同，是連內臟都要爛掉般的濃烈臭味。他們原本沒打算讓小靜看到那屍體的慘狀，但坐在巡查大人膝蓋上的小靜稍微移了一下屁股位置，榻榻米房間的景象立刻映入她的眼簾。由次那死後的模樣，依舊是沒有壞心眼也毫無慈悲心的面無表情。被割斷咽喉的瞬間，他大概正在熟睡吧，因此幾乎沒有抵抗的痕跡或痛苦的模樣。相較之下，奈賀則張大了眼睛和嘴巴，纏腰布下襬被割開大半，雙腳打開。這一帶的百姓大都半裸著睡覺，但全身血液都從脖子上的新月形傷口流光而顯得蒼白的奈賀，全身上下可說是一絲不掛。

被偷走兩元的抽屜，被丟棄在一旁。而壓在空抽屜底下的嬰兒，脖子幾乎被碾斷，身體俯臥著，臉卻朝著天花板。吸滿鮮血的榻榻米變成了暗黑色，飄散著河中死魚般的臭味。

「那砍斷咽喉的方式，跟月之輪時一樣啊！」

因為這突然迸出的話語，圍在四周看熱鬧的農人們，比警察早一步舉出嫌疑犯。

「應該是那女人吧！」

「瞧，小靜也受盡這家媳婦的虐待呀！」

小靜那毫無血色的嘴唇顫抖著，終於擠出嘶啞的聲音。

「……我什麼都不記得了。」

小靜轉身面向牛棚，對著牛求救。牛依然用那哀傷的眼神看著小靜，但牠其實全都知道，知道昨夜的盜賊究竟是誰。

調查過月之輪那件事的巡查大人也在場，但是再怎麼說，死者是不可能成為犯人的。

「這孩子的哥哥好像出征去了吧。」

抱著小靜的大個子巡查大人，扯開那與身高不搭的尖銳聲音隨口問道。

「他還沒回來，大概在朝鮮的某個地方吧！」

這答腔的是竹爺的聲音。竹爺是何時來的呢？從擋在門口的巡查一旁，只能依稀看到他的臉。在見到竹爺的剎那，小靜不禁抽抽搭搭哭了起來。

「這麼小的孩子遭遇到這麼恐怖的事情，你說她還能記得什麼？凶手應該也是覺得這個小孩子肯定記不住他的長相，才會留她一條生路吧。」

在蒼蠅滿天飛的院子角落，蠢動著無數隻腳的染血蜈蚣爬行著。親屬們想盡早舉辦喪禮，卻剛好遇到凶日，因此近親們決定在由次家住一晚，等到隔天才舉行喪禮。當然，警察不可能就這麼摸摸鼻子一走了之，他們勢必會追查那疑似鐮刀的凶器下落。

由次的弟弟跟他一模一樣的面無表情，他看了牛棚一眼後說，「牛非賣掉不可」，又揚起下巴瞥了小靜一眼說，「那傢伙也必須送走才行」。賣牛的事情可以從長計議，但小靜的事情很快就解決了。竹爺說了聲「讓我帶回家去」，就從巡查大人手中接走小靜。

被挺不直腰桿和小腿的竹爺背著的小靜，始終把臉埋在竹爺那到處都是補靪的汗衫背上，一句話也沒說。竹爺背上的汗味，與利吉的味道完全不同。雖然悶臭，但因為是人類的味道，所以小靜還可以忍受。

「利吉不回來，我們家的三男也不回來。小靜呀，妳要當我們家的孩子嗎？」

牙齒掉光的竹爺，突然停下腳步。背後傳來尖銳的牛哞聲。在陰鬱的天氣下，遠處的由次家無疑是一戶氣氛沈重的喪家。村民們也是一團難以言喻的黑影。只有老牛嚎叫著，為了找尋小靜而哭泣。

竹爺竹婆的家，遠看像是一座崩塌的稻草山。那屋頂基本上是由稻草根做成的，但梁柱嚴重傾斜，並且以垂掛的草席代替門扉。土房裡的矮灶前，竹婆蹲在那兒等待小靜的來到。

「妳一定很害怕吧！還好平安無事啊！」

走上一段階梯，由木板組成的空間裡，鋪著代替榻榻米的草席，正中央擺了個地爐。小靜心想：看樣子今天可以在這裡睡了。只是，她還是眷戀著老牛，儘管掛在地爐鉤鉤上的鍋子裡，正揚起煮豆子的香氣，但她仍要努力壓抑住想飛奔出去的衝動。因為小靜心裡也明白，拜託竹爺把那頭牛帶到這裡來，根本是天方夜譚。

那頭牛果然立刻被賣掉了。背負著一家子災厄的「霉運牛」被以六文錢的賤價售出。由次、奈賀和嬰兒都跨坐在那頭牛的背上，踏上黃泉之路。而拉著韁繩的則是那黑影。

大概是一再累積的疲勞吧，小靜與竹婆一起蓋上草席後，就立刻昏睡過去。當她醒來時已經是黎明時分，連做噩夢的時間都沒有。由次一家的幽魂或許正出現在別的地方吧。比起目睹慘劇的驚嚇，對牛的思念反而更讓小靜心痛。那在山谷中嚎叫的，應該是山犬吧！

趁著竹爺竹婆還張著黑洞般的嘴沈睡之際，小靜已在院子裡找水桶，想去屋後的小河邊汲水。她並不是想刻意討好，而是因為對她來說工作就跟呼吸一樣已是不可或缺。當小靜伸手拿取灶旁的水桶時，突然被身後的聲音叫住。

「小靜啊！不要去後面那條河唷！」

在昏暗土房裡的小靜，瞬間停止了呼吸。搖晃著萎縮的乳房，一頭全白蓬髮散在肩膀上的竹婆，就像個幽靈一樣。

「雖然有點遠，但妳去前面的河堤吧，那裡的河水比較好。」

從入門處的草席，依稀看到即將天亮的淡藍色天空。小靜雖然虛歲才八歲，卻已瞭解假裝不知道是最好的處事態度。儘管屋後小河的潺潺流水聲清晰可聞，但她卻裝作沒聽到，穿越那片被朝露沾濕的雜草扎刺著腳底的河堤。來到這條比屋後小河還混濁的河邊，她蹲了下來。為了不讓背後的黑影照在身上，她專心的汲著水。

——在爬上和緩坡道的途中，那股氣味已經強烈到連眼睛都刺痛。猶如月亮蒙上光暈的和煦陽光下，尋常的雜草彷彿利刃物般突出。含著雨意的灰蒙雲朵，垂落在由次家的屋頂上。

一如以往穿著下田裝扮的村民們為了替由次一家準備喪禮，紛紛聚集了過來。那骯髒破損的紙門已被拆除，榻榻米也已清理乾淨。牛兒被牽往土房，用韁繩綁在庭院柿子樹上。那黑亮的瞳孔上映著陰鬱的天空。

土房裡鋪滿了草席，四周點起大家帶來的煤油燈。亡者服裝絕不能用尺量或動用剪刀。村民們原本想以榻榻米的包邊來代替量尺，但要觸碰那榻榻米著實令人猶豫，只好憑藉著木板房間的木頭紋路及目測來測量。在燈火的映照下，每個女人的臉都產生詭異的橘紅色陰影。那默默撕裂白衣的模樣，簡直比亡者還像死人。

竹婆手拿著針，彎著腰縫製白色手背套。小靜不自覺的想走進由次家，卻被奈賀親戚中某個表情嚴厲的女人像趕狗一樣給趕了出來。小靜茫然的起身，茫然的靠近牛身邊。只有牛溫馴的迎接小靜。牛的眼睛周圍聚集了許多蒼蠅。只不過才經過一兩天，由次家便滋生了大量的蒼蠅，只有蒼蠅被養得肥滋滋的。

小靜眼前，突然出現了一隻黑色手臂。原來是由次的弟弟帶了買牛的人來。那個戴著斗笠看不出年紀的男人，不發一語，卻冷不防的解開了轠繩。由次的弟弟雖然絮絮叨叨的抱怨著「還不到當初買時的半價咧」，但「霉運牛」原本就會被賤價出售。因為牠必須背負著家族的災厄走上黃泉路。

小靜的心情既不哀傷也不痛苦，她只是替牛覺得可憐。牛被牽走了，小靜只追了五、六步。當她被由次的弟弟嫌惡地推開之際，牛突然回過頭來，低聲念了一段話，傳進了小靜耳裡。那是奈賀在臨死前所吐露的話語。那天夜裡，牛為了不讓小靜聽到而嚎叫，卻在離別之際告訴了小靜。

一陣風吹進了小靜的耳朵深處。那是某個人的名字，是小靜所熟悉的名字。

由次的弟弟跟買牛人都沒聽到，對他們來說，那只是再尋常不過的牛叫聲罷了，因為牛本來就不會說人話或人名呀。

小靜就那麼保持趴倒在地的姿勢，目送被牽走的老牛。那是一條沒有任何遮蔽物的細長昏暗小路。牛背上載著由次、奈賀和嬰兒，他們全都穿著死人服，微微低頭隨著牛而搖晃。這一家人僅回頭望了一次。那被砍成黑色新月形的脖子傷痕，已經不再流血了，但眼睛與嘴巴卻成了無底的空洞。

「唉呀，真是受不了，臭死人啦！」

小靜站起來時，背後傳來一陣嘈雜的草鞋聲。那些再也無法忍受屍臭味的女人們全都逃了出來，只有竹婆還強忍著坐在中央。竹婆在幽暗的橘色燈火下，被投射出巨大搖晃的影子，專心一意的縫著蓋在死者頭上的頭巾。竹婆應該是懼怕那盛氣凌人又頤指氣使的奈賀，才會這麼做吧。

那些女人們卻毫無顧忌的聊起天來。

「聽說岡山的軍隊死了幾百人哪。」

用扇子搧著敞開前襟的女人們這麼說著，而小靜當然沒漏聽。幾百人。小靜對這個數字完全沒有概念，根本不知道它究竟算多還是算少。不過，從她們的動作和手勢看來，這應該是很驚人的數字。沙子溜進小靜那粗糙的腳底，她茫然的看著那條牛已不在的道路遠方。

溫熱的眼淚滴在小靜的脖子上。那眼淚有一部分是為了被賣掉的牛而感傷，但最主要的情緒，則是衷心期盼哥哥就在這喪生的幾百人裡。她希望哥哥在這被人謳歌的幾百人當中，成為被岡山民眾祭拜崇敬的英雄，千萬不要是這些英雄以外的人。

「不能放著不管呀，快點回來啊！」

竹婆在院子裡大喊著。圓形棺木早已運達，失去了魂魄的一家人各自抱膝，穿著全新的死人服，在裡面急速腐壞。嗅到屍臭味的烏鴉們，從屋頂的破洞探尋著看似美味的死屍。

三副棺材被男子們抬起，運到郊外的墓地。小靜並沒有跟到荒郊野外送葬，在竹爺他們回來之前，她恍惚的坐在庭院柿子樹下等。儘管屍體已不在，但屍臭味仍飄散在庭院裡。突然出現了一陣如同被鐮刀劃過般的疾風，吹在她的脖子上。若是那擁有預知能力的月之輪，肯定會說出犯人的名字，但是，居然連那頭平凡無奇的牛都說中犯人是誰。那真是個可怕的名字。

那天晚上，在地爐邊緣蓋著草席入睡的小靜，忽然在夜裡驚醒過來。黯淡的青色月光從牆壁破洞射入，四周並非完全陷入黑暗。竹爺與竹婆橫躺在床上閒聊著。他們當然不可能是在討論算計小靜的事情，而是在開死人的玩笑。

「……大家都嚷著臭死人了而跑出去不是嗎，那時候我就偷偷把準備好的冬天衣物放回衣櫥裡。等著瞧吧，一到冬天，那沒良心的奈賀跟由次就會變成鬼出來喊著好冷喔好冷喔。誰教他們家那些親戚嘴碎，說什麼宮太看起來怪怪的。」

小靜雖然知道宮太就是竹婆的三男，但是無聲笑著的竹婆實在太可怕了，而且她的行為也太過分了。必須將冬天衣物一併放進死於夏季的亡者棺材內，這是既定的習俗。不然的話，亡者將會像竹婆開玩笑的那樣，在冬天變成妖怪現身，而且還邊顫抖著說好冷。

「不過，到底是誰下的手呢？會是外地人嗎？但是，假如是外地人的話，應該會去更有錢的喜太郎家才對呀。」

「……說不定，真的是這孩子的母親。」

竹婆不假思索的說了出來，語氣認真而嚴肅。小靜用力閉上眼睛，全身僵硬的縮成一團。竹爺並沒有答腔。

「不過，這不要緊，因為小靜很討人喜歡呀。」

小靜壓低聲量啜泣著，因為她真心希望這件事是她那令人感到陌生的死去親娘所為。

除了孩童以外的村民們選在某天的黃昏時分，聚集在月之輪。竹爺竹婆也被叫來了。雖然被竹爺竹婆叮嚀要乖乖待在家裡，但小靜仍悄悄的跟在後頭。她躲在老杉樹下，偷看著月之輪及村民們。每個人都沈著一張臉，因為接著就要舉行驅邪儀式了。

在那利吉總是以稻草束圍在四周的田地中央，今天也掛著些奇怪的東西。是誰做的呢？那幼稚而拙劣、如同真人大小的稻草人。那是將稻草隨便交叉組合起來，再仔細綑綁好，做成頭跟手腳，並插上竹子固定立起的稻草人。儘管做工拙劣，卻帶著一種威脅感，使得原本就是以驅邪為目的的用意變得更明確。

這稻草人被當成殺害由次一家的犯人。一開始，先由由次的弟弟手拿削尖的木棒，發出怪聲刺穿稻草人身體。這時突然從某處傳來女人的悲鳴。

「不用害怕。這樣一來，不管凶手在哪兒都會受盡折磨，不管凶手躲到哪兒都會被發現。」

由次的弟弟把棒子交給站在一旁的男人。那是由次所雇用的佃農之一，剛開始曾被警察盤查過，因為聽說他曾跟由次借過錢。他不是把稻草人當作犯人，而是把稻草人當作由次並用力刺穿，棒子尖端完全刺穿另一頭。接著他再把棒子交給自己的老婆，這女人肚子隆起已接近臨盆，邊哭著邊舉起棒子，那尖端略過稻草人的頭，頓時草屑飛散。棒子被依序傳接著，終於落在竹爺的手中。竹爺回頭望了小靜方向一眼，那是無比空洞的眼神。稻草人那金黃色的血四處飛散，早已失去原本的身形。在小靜眼裡，那是具再熟悉不過的人類死屍。

小靜用手遮住臉，透過指縫間偷看。在月之輪中，被砍成碎片的男子屍體，以及用鐮刀割斷咽喉的女人屍體倒在地上。小靜不禁發出哀嚎。當她哀嚎的同時，那兩具屍體也消失了。在月之輪中，只剩下一片稻草屑的稻草人孤零零的倒在地上。

小靜的肩頭上，突然有股沈重的力量。她不能動彈也無法開口。一陣溫熱的氣息吐在她脖子上，是股乳臭夾雜著腥臭的懷念味道。是那死去的嬰兒。明明就已經死了，但纏在背上的溫熱及柔軟感，卻是如此沈重。小靜的喉嚨顫抖著，唱起搖籃曲。不，是被迫唱了出來。

把昏倒在地的小靜背著走回家的是竹爺。小靜依稀記得被竹爺背起時的情景。當時已經沒有任何東西在她背上了。田埂路上一片漆黑，中國山脈也陷入一片死寂的幽黑，只有那如鐮刀形狀的新月高掛在天際。如同女人唇型般的新月，從沙沙作響的老杉樹梢露出臉來，似乎正吟吟的笑著。

或許是早早就入睡吧，小靜在半夜裡清醒，喉嚨像是堵塞住般口渴。在昏暗的土房裡，找不到水瓶在哪兒，此時傳來了小河的流水聲，小靜恍恍惚惚的走向那小河。突然間，小靜聞到了一種味道，那氣味就在小河前的草叢裡。此地不宜久留。小靜於是倒退了幾步。對了，竹婆曾說過：不要去那條小河……在這封閉的小村子裡，有許多禁止進入的地方，也有許多不能見面的人，以及許多不能想起的人。這條小河是通往陰間之河，所以河水也是不能喝的——。

從那件事之後，剛好過了一年，泥土色的季節又再度來臨。今年不需要祈雨便已雨量充沛，稻苗在微風吹拂下，綠色波浪上下起伏。戴著斗笠的農人們，從早到晚都像個會動的稻草人般，在泥地裡忙著插秧，讓牛拉重鋤犁田，其中甚至還有犁不動深沉泥地的牛兒。插秧歌的節奏越來越快，就連月之輪也呈現一片等待著秋天金黃稻穗的風情。村民們雙手合十，對著雲層縫隙的光芒祈拜。

空無一人的由次家，由他弟弟的兒子一家入住。紙門重新換過，屋頂的破洞已經修補，牛廄裡也綁著一頭剛買入的褐色的牛。

關於殺害由次一家人的凶手，警方依然沒發現任何線索，凶器也仍未尋獲。在月之輪舉辦的驅邪儀式也已辦過第三次，只留下被刺爛飛散的稻草人。每次都有小孩因為看到這一幕而口吐白沫昏倒。儘管是個已無可救藥沾滿污穢的地方，但月之輪的稻苗卻也青翠的伸展著。

唯一還在外面流浪的竹爺三男，依然下落不明。但再好不過的是，以在月之輪放置稻草束圍起邊界為己任的男人也還沒回來。

小靜在那之後，便在竹爺竹婆家裡住了下來。她已經能夠幫忙耕田了，所以到處都有活可做。而「名譽戰死士兵之遺族」的身分，也讓她不再受到差別待遇。默默地彎著腰植苗割草的小靜，有時還會收到薪水以外的蒸芋頭或炒豆子等點心。她不但會聽話應對，還將季節問候語全都牢記在心，因此她已經不需要再對著牛講話了。

——那是個奈賀最討厭的紫藤花被雨水打濕後，更顯嬌豔而隨風搖曳的正午。小靜的哥哥隨著午後雷陣雨唐突的出現了，肩膀及臉頰上都沾著奈賀最討厭的紫色花瓣。

明明就還是大白天，但山脈已被黑雲籠罩，外面一片昏暗。身穿蓑衣走著的農民，就像是被泥土弄髒的稻草人。趁著耕種空檔回來吃午飯的竹爺竹婆，走到門口時，幾乎嚇到兩腿發軟。因為有個在兩人心中早已認定不在人世的人，就站在門口。

尤其竹婆更是嚇到失了魂。她雙手合十拚命念著經文，彷彿會被眼前的利吉殺掉般發出哀嚎。只是，她嘴裡喃喃念著：「宮太呀宮太呀，你迷路了嗎？」大概是錯亂了吧。就連竹爺也是目瞪口呆的僵立在原地。

「不是宮太呀，是利吉。」

儘管如此，竹婆還是嚇到站不起來。她的臉色慘白，全身起雞皮疙瘩。小靜也一樣。

「小靜，我是哥哥呀，妳怎麼啦？」

聽到那即將被遺忘的聲音，小靜頓時無法回應。待在房裡的她就像隻幼犬般蜷曲著發抖，因漏水而浸濕的草席，讓她的身體更加發冷。小靜患了嚴重的夏季感冒，眼前一片模糊，原本傾斜的梁柱及牆壁看起來更加頹圮，意識也像是起霧般模糊不清，眼前所發生的事情，對她來說只是夢的延續。她心想：沒錯，哥哥回來了。

喝了白鐵瓶裡的溫水後，竹婆終於逐漸鎮定下來，不好意思的笑著。竹爺雖然表情僵硬，但也立刻回復原本開朗的模樣，熱切的聊了起來。

「……我有聽到傳言，真沒想到會發生那麼恐怖駭人的事情呀！」

以往總是沈默木訥的利吉，意外變得多話。小靜沒有力氣站起來，只是蹲坐著聽哥哥跟竹爺他們的對話。三個人坐在玄關前的木地板上，以地爐的火烘乾身上的衣物。小靜的哥哥並沒有穿著那天的黑色軍衣和軍靴，而是穿著平常所穿的破舊條紋窄褲。不過，他並沒有打赤腳而是穿著草鞋。

「我很想趕快回來，但被很多事情耽擱了，受傷的復原情況也不太好，所以就在認識的廣島人家裡住下來療養。因為受到諸多照顧必須有所回報才行，所以我後來去做鐵路工。雖然辛苦，但賺的錢也多。」

接著，因為感念竹爺夫婦倆對小靜的照顧，哥哥放了一些錢在木地板上。竹爺跟竹婆用那沒有牙齒的嘴巴笨拙生澀的道謝，聽來就像是潛在水裡一樣含糊不清。

哥哥就在伸手可及的地方，但小靜卻緊抓著草席邊緣繼續裝睡。那原本令人懷念的體味已經產生微妙的變化。

「不過，還好小靜平安無事呀！」

利吉身上充滿了死牛的味道，空氣中充斥著這股味道，他們繼續談論著犯人的話題。

「犯人還沒被抓到耶，真是可怕！」

不，已經抓到且被殺死了。小靜壓低音量喃喃自語著。那塗滿鮮血的稻草人，今天也跟那敞開著脖子傷口的女人並肩站在一起。

竹婆嘴裡雖然不停說著：讓小靜在這再多睡一晚吧，但當小靜醒來時，已經是在哥哥的背上了。他用跟竹爺借來的防雨蓑衣將小靜包裹住，然後背在背上。雷陣雨已停歇，光線從陰鬱烏雲的縫隙中露了出來。淋濕的樹木顏色加深且透著光亮，彩虹像是從另一端的田地吹向天空般掛在天上。那一點白光應該是太陽吧！哥哥朝著之前住的小屋走去，草鞋陷在泥濘裡，肩膀大幅的上下搖晃。小靜緊緊抓著那肩膀，告訴自己不要再想起那些可怕的事情。

小靜躲進之前所睡的角落稻草堆裡。小屋並沒有荒廢到無法住人。哥哥在灶內點起火。

「來煮點米粉稀飯吧！」

大概是還發著高燒吧。小靜想起了當時彷彿看到灶前有一頭黑牛的情景，心臟不由得緊縮了一下。沒錯，那個灶是個令人害怕的地方。小靜閉上眼睛，昏暗的眼皮裡散發出紅色的東西。那並不是灶裡的火苗，而是在月之輪被戳裂的稻草人所流的血。

「不要再做佃農了，去當鐵路工才可以賺到錢。」

小靜從村民們的傳言和竹爺竹婆的對話中，也稍微瞭解到，四處展開的山陽鐵路及中國鐵路的開通工程，正需要許多人手。因為賺的錢比佃農還多，所以這村子裡，也有不少男丁陸續前往遠方的笠岡或岡山工作。

利吉被募集建造中國鐵路的工程單位所採用，即將前往津山工作。

「後年就可通到岡山了，車票雖然要五十錢，但應該還搭得起吧。」

哥哥討厭下田耕種，應該是因為討厭去月之輪吧？但小靜卻問不出口。

總而言之，利吉不但不再靠近牛，也不曾去過月之輪，更再也沒赤腳踏進泥土地裡。他每天花兩小時前往津山工地，再花兩小時回來。中午的便當就由小靜負責烹煮。在被稱為飯盒的木製便當盒裡，放進三合麥飯及醃漬物，利吉背起裝有便當的稻草編製的籠子就出門去了。在這段時間裡，小靜則去附近的田地幫忙。小靜雖然是「月之輪那女人的女兒」，但也是「戰勝功勳者的妹妹」，所以還是可以跟大家一起唱插秧歌。

——「女人真是自作自受啊」，諸如此類帶點自棄自嘲意味的爽朗話語，總是在這個季節裡出現。祭典不久就要開始了。女人們早在好幾天前就開始準備，忙到甚至連飯都是站著吃。在那位於村中心消防望樓的廣場上，也來了不少小販兜售唯有此時才吃得到的鮮魚。縣南居民們吃的是花壽司，而縣北居民們吃的則是鯖魚壽司。不同於靠海的南部，在這被中國山脈環抱的最北端村子裡，只有在一年一度的秋之祭典上，才能品嘗到被稱為「無鹽」的鮮魚。

收入越來越豐厚的利吉，也買了許多魚回家，那是放在籠子裡撒上鹽的秋刀魚。光是撒在秋刀魚上的鹽巴，就可以當作麥飯的配菜。村民們也一窩蜂的大量購買。對於只能吃到河魚的村民而言，這魚就彷彿是一場熱鬧的祭典。小靜也逐漸能露出無憂無慮的天真笑容了。因為她今年終於能參加祭典，不用再像以往那樣跟利吉兩人，只能從雜樹林望著對面朦朧的燈光了。

那之後，小靜從不曾跟哥哥聊過「那件可怕的事情」。月之輪就是月之輪，而死去的娘也不過就是死去的娘。至於由次家的滅門慘案，村人已經舉行很多次的稻草人驅邪儀式，所以犯人現在應該已經受盡痛苦折磨而死亡才對。沒錯，如果是犯人的話，應該不可能會滿心期待著祭典的來臨。更何況月之輪那詭異的牛怪物等，也不可能在這熱鬧非凡的祭典前現身。因為秋天的豐收已可預見，而戰爭也已獲得勝利結束了。

把臉塗得像白色牆壁一樣，身穿絢麗華服彈著三味線的女人，用高亢如鳥囀的聲音唱著歌。一旁耍雜技的五個街頭藝人，個子都跟小靜一樣矮小。配合面無表情高個子男人打的太鼓節奏，柔軟矮小的身體也在同伴身上、地面上及空中轉來轉去。每個小孩都對感覺遙遠的祭典，以及雜耍藝人的孩子，抱著淡淡的愛慕。年老的捏麵人將糖溫熱使之膨脹，捏成花朵的形狀，再塗上鮮紅色的食用色素，立刻引來天真無邪的歡呼聲。停再一旁兜售玩具的攤子上，擺滿了清澈明亮的商品。玻璃做的手工風鈴，發出充滿夏日風情的可愛撞擊聲，五彩繽紛的扇子像蝴蝶的翅膀般隨風搖曳。不過，整齊排列的狐狸面具可就令人有些毛骨悚然。一向打赤腳的孩子們，這天也穿上了有著五顏六色夾腳帶的木屐。小靜的哥哥也幫她買了雙有著紅色夾腳帶的木屐。四周只有營火和乙炔瓦斯燈的光線，只要稍微走遠，人的臉便會變得模糊不清。儘管如此，小靜還是對如此明亮的夜晚感到驚奇不已。

村民們以消防望樓為中心，圍在四周跳起舞來。太鼓的震動傳到地面，清脆的笛音直達天際。星星從這端到那端連成銀河，就連那總是令人感到陰鬱沈悶的黑色中國山脈，今晚也成了戲劇的布景。附近茂盛的雜樹林儘管令人感到陰暗厭惡，但吹過那裡的風卻是清新宜人。

在郊外日曬雨淋的古老牌位，以及非得重新誠心祭拜不可的新牌位，此刻全都被並排在長板凳上。在那全新的牌位中，有日清戰爭的戰死者，也有慘遭殺害的由次一家，以及在月之輪自盡的小靜與利吉的娘。利吉牽著小靜的手走著，卻突然停下腳步。利吉認真凝視著牌位，以跟牛一樣渾黑濕潤的眼神，看著由次一家的牌位。

利吉再度跨步往前走，但才經過一家便又再度停下來。那不是一家店面卻聚集了許多人。小靜被哥哥推著背往前走了一步。那裡有個異常矮小但頭大畸形的男人，和一個衣衫不整穿著紅色和服、外表豔麗但臉色灰白的半老徐娘，正以奇怪的節奏打著拍子。

「那也算夫妻啊？」不知是誰碎聲念了一句，使得還沒長大的小靜也忍不住產生淫靡的遐想。她突然感覺到這是一對有著水性楊花個性妻子的夫妻。

這對夫妻是到處巡迴演出的藝人，他們把一個大木箱放在地上。那表面上設置了一個小窗，究竟是怎麼樣的裝置呢？小靜也看不明白，好像是只要觀眾一靠近窗口，新奇的看圖說故事將就此展開。那女人會以奇妙的節奏講述故事。

「……這是一個地獄巡禮的故事。」

小靜究竟是從何時開始往那鑲著玻璃的窗內窺看的呢？小靜用右眼看著地獄場景，而左眼雖然閉著，但處在一片黑暗地獄裡。

地獄不只是一張畫，而是像紙劇場一樣，每隔一段時間變換場景。到處都是亡者、妖怪和鮮血。瘦到皮包骨的亡者卻是面無表情，即使被妖怪追趕、被大卸八段、被燒熱的鐵棒猛刺屁股，也不會激動或痛苦。儘管說不上是愉悅，但因為身處地獄，似乎理所當然的飄著一股達觀的氣氛。祭典的喧鬧，已從小靜的後腦勺抽離。她眼前所見的，是雙腳深陷的地獄。

把不潔的東西視為乾淨，並將乾淨的東西視為不潔，那是亡者前去的屎尿地獄，還有殺生搶劫者所墜入的黑繩地獄，連環畫故事裡的紅是鮮豔刺眼的紅，而背景的黑則是比任一個黑夜都還黑。鬼怪們行為殘酷，卻一臉愉悅的樣子；而亡者受盡百般折磨，卻仍軟弱乖順。

色彩鮮明的地獄巡禮，不知為何就在強姦自己母親的惡人所墮入的無彼岸常受苦惱處結束了。懲罰這亡者的並不是一般長角的紅鬼，而是牛頭人身的牛頭。那亡者的嘴裡被灌入滾燙的熔鐵，真不知他心裡在想什麼，因為他的嘴巴居然呈現微笑的形狀。大概是在想著母親吧。

……從窺看小窗抬起頭來的小靜，全身血液像是被抽光般臉色蠟白。她突然感覺到一股寒意，冷到受不了。因為她已知道亡母墮入哪一層地獄，並且提前被告知哥哥與自己將會墜入哪一層地獄。

原本站在她背後的哥哥，突然不見了。雜樹林被風吹得劇烈搖晃，某種野獸的嚎叫聲拖著長長的尾音。手舞足蹈的村民們，是地獄裡的小差吏。小靜不禁開始害怕，難道他們正用營火在焚燒哥哥？當然，這是不可能的，但哥哥不見蹤影卻是事實。乙炔瓦斯燈的火焰熊熊燃燒，卻無法照亮廣場的每個角落。小靜在暗夜裡拚命的狂奔著，忽高忽低的節奏響起，四周充斥著如同嗚咽般的歌聲。因為雜樹林的另一頭就是月之輪，那是個絕不能去的地方。

小靜邊奔跑邊流著淚。在她眼前，突然伸出一隻白色的手，依稀看到了白色袖口，但確實是隻女人手。小靜撲向那隻手，但那卻是隻冰冷無血色……死人的手。小靜嚇得大叫，卻還是抓住了那隻手。那滑溜白淨的手越伸越長。並非小靜不想放手，而是那隻白手緊抓著她不放。

儘管那衣袖的另一端深陷在一片黑暗裡，小靜卻看到了，那是戴著牛頭的娘。

……儘管全身毫髮無傷，小靜卻像是被榨乾血液般臉色發青。好不容易買到的木屐也丟了一隻。小靜獨自跌坐在雜樹林前。

「喂，這不是小靜嗎？」

哥哥的聲音從雜樹林裡傳來，接著哥哥就出現了，旁邊帶著一個十五、六歲梳著裂桃式髮髻的姑娘。這姑娘身穿時髦的藍白格紋和服，胸前跟下襬卻衣衫不整，卻完全不會不好意思。她撿起另一隻掉落的木屐遞給小靜，同時發出口齒不清的甜美聲音。外表看來是

十五、六歲，但心智卻似乎比小靜還不成熟。儘管如此，這姑娘也算是個女人。

「為什麼手會那麼冰呢？」

在祭典結束後，哥哥牽著小靜的手這麼說。那姑娘則被她爹娘給帶回去了。跟那操作說故事機關的女人一樣，那姑娘也愛上了一旁的男人。只要愛上男人就會被打入地獄，這件事是小靜從方才的窺視窗所看到的。雖然被哥哥緊握著手，但小靜的手卻始終無法恢復溫暖。與其在意哥哥與那姑娘在雜樹林裡幹些什麼勾當，小靜比較在意的是雜樹林對面的月之輪。那沾滿鮮血的破碎稻草人，應該也聽得到祭典的喧鬧聲吧！

……窩在稻草堆裡睡覺的小靜，半夜裡突然驚醒。在這連燭台或油燈都沒有的小屋裡，夜裡的光線只有從外照入的月光。小靜發現哥哥不見了。黑暗被更深的黑覆蓋著。一陣奇怪的呻吟聲，突然從暗處傳來。小靜頓時停止呼吸，一躍而起，不自覺的面向聲音傳來的方向。

由次一家就站在那裡。穿著單薄夏季衣物的奈賀，全身顫抖的抱著嬰兒，那嬰兒也小聲喊著，好冷呀……

穿透過他們看到了灶前，那裡也有個東西。小靜突然覺得全身發麻，彷彿正在真實情境裡浮游。由次一家子緩緩的消失了，但對面的那東西卻沒有消失。

那是那天在祭典夜裡跟哥哥在一起的姑娘。她就像那天母親的亡靈般，只有一雙白色的腳浮現在黑暗裡，後面則融在黑暗裡看不見。那白色的雙腳，似乎正跨坐在某個黑色的東西上面。那東西正重複做著犁田的動作……那是哥哥。

兒時的情景再度浮現在嚇得瞪大雙眼的小靜眼簾。那畫面跟這簡直如出一轍。灶前有對男女，像頭牛般的嚎叫著。對於年幼的小靜而言，那重疊的兩人身影，看來就像隻頭部畸形的牛。那情景又再度重現，一模一樣，不同的是疊在下面的女人。壓在上面的男人跟那天一樣都是哥哥，而下方的女人則不同。在兒時那天的女人是娘。因此，小靜的哥哥其實就是小靜的爹。

月娘似乎被雲給藏起來了，四周陷入一片漆黑。耳邊傳來牛的呼吸聲。小靜抱頭屏息。牛兒持續念著某個名字，那名字是——

隔天早上，哥哥若無其事的準備出門。而怎麼也起不來的小靜，則維持原來的姿勢呻吟著。繼續沈默或許比較好，但終究還是非問清楚不可。

「哥哥……你把鐮刀藏到哪兒去了呢？」

灶上的飯鍋正冒出白色水氣。利吉的身體一動也不動，後來才緩緩的回答，但卻沒有回過頭來。

「妳也留意到了嗎？竹爺家的宮太根本沒去什麼神戶……他被埋在後面那條河裡了。」

小靜突然想起那詭異的味道，以及竹婆那莫名蒼白的臉。

「我在那兒挖了個洞，把它給埋了，然後再把已化成骨頭的宮太挖起來丟棄。反正竹爺竹婆會幫忙保密，所以我很放心。不說這個了，妳要吃這個嗎？」

利吉把背籠拉到一旁，取出一包東西。接著把飯鍋取下，放上鍋子。

「雖然有人說會遭天譴什麼的，但這真的很好吃呀。」

小靜聞到了久違的牛的味道。雖不知那放在灶上烹煮的牛肉，是否來自那隻溫柔的褐色老牛，但此刻已經飄出香氣了。

「這是報應，是詛咒啊。誰教這頭牛要教小靜這麼多不必要的智慧，所以就應該像這樣把牠給吃了。」

傍晚時分已吹起涼風，落在地上的影子也拉長了。在灶上映照出長角的哥哥，一臉滿足的啜飲著牛肉湯。而靜靜的攪拌著鍋中食材的，則是露出在白色衣袖外的、娘那細瘦的手——。

解說

京極夏彥

真的，好恐怖。

這本小說的書名，就是這個意思。

真的，好恐怖（とても、怖い）——bokkee kyoutee（ぼっけえ、きょうてえ、岡山腔）。光從字面上解讀，卻不瞭解書名含義的人應該不少吧。不管是「ぼっけえ」或「きょうてえ」，都是岡山地方的方言，並不是一般通用的詞彙。儘管如此，這仍是本非常罕見的，以「真的，好恐怖」的意涵當作書名的小說。

我認為這是個十分出色的書名。

即使不瞭解意思，也覺得好恐怖。這是一種手法。

這並非偶然，當然是個性剛烈的作者之策略。

作者岩井志麻子是岡山出身，作品全都是以岡山腔對話。因此，或許就自然而然以此為書名吧——大概是無意間取的吧——如果是這麼想的話，那未免太輕率了。在文章一開頭所附加解釋的「『ぼっけえ、きょうてえ』是岡山方言中，真的好恐怖的意思」，便可輕易得知作者本身並非沒有自覺。

光用平假名拼成的書名，字面上是以不平穩的音調構成的語感，能自然形成一種鮮明的印象，同時也成功醞釀出一股不祥的氣氛。而且，這難以理解的名詞所帶來的異化效果更是顯著。不過，既然並非一般通用的詞彙，習慣使用岡山方言的人，大概能夠直接體會書名的含義，但對於字面或語感上的接受方式會因人而異，如果光依據這點為戰略的話，恐怕無法斷言這是正確的。當然，剛烈的作者並不只有這點剛烈策略而已。原本的手法，其實不是著重在語感或字面方面，而是在「真的好恐怖」的語義上。

非常，恐怖——。

以往曾經有過如此直截了當冠上書名的小說嗎？雖然我無暇去搜尋圖書總目錄因此無法判定，但應該是沒有吧！

以書名為名的首篇作品「真的，好恐怖」，是投稿至「日本恐怖小說大賞」的作品。一旦定義為恐怖小說，便會變得複雜許多，甚至會引來各方議論，於是便將它割愛，而決定將它定調為「驚悚」小說，如此一來，應該就不會有太大的不協調吧。因此，首篇作品便以「真的，好恐怖」為名參加恐怖小說比賽，直接表達出其中的含義。過去一定沒有把「真的，好恐怖」當作書名的恐怖小說。

不，不可能有這種事吧——或許會有讀者這麼想吧。實際上，以「恐怖故事」或「恐怖怪譚」等為書名的小說，不可能沒有的。不過，這樣的書名的確會稍微脫離作品本身的原意。

這些都是為了大致說明作品內容所取的書名，不過是作者想讓讀者們瞭解，一個恐怖故事即將展開，或是這本小說很恐怖罷了。再者，不論內容恐怖與否，因為以「恐怖故事」為名，便成了一種宣言，也就是「一個恐怖故事即將展開」的作者宣言。當然這類書名也可能因為作品本身不夠鮮明，或是內容不夠恐怖，而想事先宣告「好可怕喔」等例子（也或許是想以出奇制勝的書名來凸顯有趣的內容）。無論如何，這個書名策略應該是作者針對讀者所發出的訊息，也是刻意安排的「手法」吧！

不過，「ぼっけえ、きょうてえ」這本書，並不是如此。

首先，這並非人人皆懂的共通語言。不能共通的話，那就無法用來說明內容，同時也不能成為宣言。「ぼっけえ、きょうてえ」的原意，並非「一個恐怖故事即將展開」或「這是個可怕的故事唷」，而是「真的好恐怖」。換言之，也就是「亂恐怖的」或是「嚇到頭皮發麻唷」的感覺。它既不是說明，也並非宣言。而是某個驚恐的人，不自覺脫口而出的句子。因此，「ぼっけえ、きょうてえ」這書名，與「可怕的故事」之類的書名，確實已經畫出清楚的界線。在此書名背後，是誰在害怕著呢？

實在是太恐怖了──。

那麼，是誰那麼害怕呢？

最先浮現在腦海的，應該是登場人物吧！

舉例而言，如果是戀愛小說，勢必會有「好喜歡你」或是「深愛著你」等書名吧（這並不能斷言一定有，但應該有類似的書名吧）。在這種情況下，所「喜歡」的，以及「深愛著」的主體（雖然這是理所當然的），一定就是戀愛劇情中的登場人物。因此，這並非作者的說明或宣言，而是將象徵內容的劇中人物心中的行為及台詞，用來當作書名吧！

不過，本書所宣告的「真的好恐怖」，並不是作品中所登場的人物。

已經閱讀過本書的讀者，應該就能夠瞭解吧，首篇作品是以妓女的自言自語來鋪陳的體裁。在枕邊欲言又止的說著老故事，關於一個難以稱得上幸福的女人前半輩子——最後才令人恍然大悟的異樣真實——「ぼっけえ、きょうてえ」就是這樣的小說。換句話說，應該「感到恐怖」的對象（暫且先認定這是存在的），已事先從作品中被剔除了。

那麼，打從心底喊出真的好恐怖的主語，究竟是誰呢？

那就是不可能出現在作品中的——聽眾。

一路聽著妓女敘說故事，在聽完的瞬間——

「ぼっけえ、きょうてえ」

會不自覺喊出這句話的，是從作品中被剔除的聽眾，也就是被賦予聽眾角色的——讀者。

在讀完最後一行後，請暫停一下在心中試著念念看。

——我姐姐好像愛上老爺您了呀，您意下如何呢？

……真的、好恐怖。

真是太恐怖了——。

這個書名其實是讀者的心聲。而且——

在這些讀者當中，作者岩井志麻子也包含在內。

那麼——將此書名想成是遠離作者立場的岩井本身所說的話，或許會比較恰當。因為這本書最初的讀者並非編輯或校對者，而是作者本身。唯有這點，是絕對無法扭曲的事實。

而且，岩井志麻子出身於岡山。

正因如此，書名並非標準語的「とても、怖い」，而是岡山腔的「ぼっけえ、きょうてえ」。這也是變身為妓女恩客的岩井本身所發自內心的句子。在聽完（寫完）妓女陳述故事的作者，心中不由得發出「ぼっけえ、きょうてえ」的驚叫。

作者自己也驚恐不已。

在鬼故事中，這言外之意成了一種凸顯內容真實感的手法。為什麼這麼說呢？這是為了強調——因為就連作者本身也不知道故事的真實性。

無論作品中的登場人物遭遇到多麼可怕的事情，或是讓人忍不住想遮住眼睛的悲慘狀況，基本上，讀者本身並不會覺得恐怖。無論對書中人物產生多少移情作用，那都是不變的事實。在閱讀時或許會萌生厭惡的情緒，但基本上，故事中所引起的怪異，並不會直接連結到讀者本身的恐懼。

關心書中人物的身世，因同情人物遭遇而潸然淚下，對於書中內容感到憤怒或是驚訝到下巴快掉下來等，每位讀者應該都曾有過這類的情緒吧。不過，恐懼卻是另當別論。喜怒哀樂的頻道，與恐懼是不一樣的。

以小說而言，讀者被作者保護在鬼怪之外。而被印上作者名，也代表這是虛構劇情的最佳保證。

因此，如果真的要嚇唬讀者的話，「恐怖的故事」（以絕大多數的情況而言）這類書名是沒有意義的。即使作者想一再強調，也毫無意義可言。因此，「以上所述皆為事實」的附註，更是沒有意義。不，不是沒有意義，而是會變成反效果吧！不管書中人物多麼害怕，作者不斷呼籲有多麼恐怖，這種手法對於喚起「害怕」的作用而言，可說根本是毫無貢獻。

優秀的鬼故事，是以言外之意來提示的。

岩井志麻子之所以會將「ぼっけえ、きょうてえ」取為書名，是從故事敘述者的角度——也就是自己將作者的位置更換成聽眾——亦即讀者的位置。因此，講述故事的並不是作者，而是虛構內容中的岡山妓女。作者站在作品的外側，明言「我什麼都不知道」，而且還喃喃自語著「我不知道，我快嚇死了」。也就是說，對於保證作品的虛構性這點，岩井打從一開始就放棄了。事實真假反而露在作品之外。

但是——

故事敘述者的妓女本身，應該就是岩井自己吧。

岩井本身與書中人物的心理層面究竟有何種程度的契合，站在外側的我們雖然無從知曉，卻可做合理的懷疑。因為岩井在隨筆和訪談中不斷強調，其他幾篇作品都是以岡山為舞台和主角為岡山出身等，由此可知，她想藉此加強妓女＝作者的印象。

換言之，岩井志麻子藉由同時扮演敘述者的作者身分與聆聽者的讀者角色，成功地將陳腔濫調的怪譚提升到個人的獨特舞台之上。「ぼっけえ、きょうてえ」那份可怕，已不是單純耍弄語感而已。

本書的筆觸的確巧妙，情節及結構安排也相當精鍊。可是，不論再怎麼精鍊，陳舊一樣是陳舊。鬼故事這一類的作品，不管如何處理，終究還是陳腐。許多作品都為了逃避這陳腐而標新立異或著重細節描述，大都因而走錯方向，被細節處理給埋沒掉了。岩井志麻子最厲害的地方，大概就是在這地方清楚做出取捨吧！

實際上，本書所收錄的作品中，鑲嵌了不少「魔界之路」或「月之輪」等民俗用語，而相關的悲慘習俗或因貧困依循保守而無可救藥的狀況，也都有詳盡的描述，並且真實到令人招架不住。從筆鋒所感覺到的達觀、頹廢、甚至是惡意，都有巧妙的安排。然而，岩井本身卻聲稱對於這類事情不甚瞭解。雖然不知話中真假，但根據本人訪談所說，這些全都是為了寫作，才臨陣磨槍學來的知識。

因此，令人忌諱的細部內容，全都是為了「修飾」之用。儘管描述得非常精彩，但對作者而言，這些細節並非重點。全都是作者為了逃出作品之外所安排的詭雷。作者為了逃離作品之外，不惜採取將作品的毒害全都塗抹在讀者身上，卻不處理後續的作法。

恐怖並不是我所造成的。

被作者抛下的讀者，一腳踏入四處安置的陷阱裡，逐漸沈沒在岡山鄉土民俗的黑暗之中。接著，還聽到了某種並非作者所發出的聲音。發出聲音的不是小說中的角色，也不是作者，而是盤據在作者及讀者心中的聲音。

在本書所收錄的作品結尾處，希望您能試著停下來加句台詞。

真的，好恐怖！

實在是太恐怖了——。

其實真正恐怖的，是嘲笑像我們這樣的讀者的，那位叫做岩井志麻子的作家。

真的，好恐怖 / 岩井志麻子 著；
黃穎凡 譯.-- 初版. -- 臺北市 : 小異出版 :
大塊文化發行, 2010.08
面； 公分. -- (SM ; 13)
譯自 : ぼっけえ、きょうてえ
ISBN 978-986-85847-3-0(平裝)

861.57 99011819

Trans+

Trans+

Trans+

Trans+